Vit lögn

Kriminalroman

Christer Wallgren

Revidering 2019 – Andra upplagan

ISBN 9789178510733

Författare. Christer Wallgren

Omslag. Christer Wallgren

www.christerwallgren.se

Epost: christer@christerwallgren.se

Tryck och förlag. BoD

V2.2-2019-04

FÖRORD

Den bok du håller i handen är andra och omarbetade upplagan av Vit Lögn. Det är inte bara omslaget som är bytt. Historien har kompletterats och texten har rättats. Ändringarna är omfattande och boken har därför fått ett nytt ISBN-nummer.

Att skriva en deckarroman innebär inte bara att skriva spännande texter. Jag har gjort research i vissa fall på ort och ställe. Muséet och Stockholmsmiljöer är lätta att beskriva eftersom jag bor här. Men Hongkong ligger lite väl långt bort så det fick bli Internet. Där kan man hitta lämpliga restauranger, kolla in deras menyer och med hjälp av Google Maps gå runt på gatorna som omger platsen man vill besöka.

Jag hittade ett reportage som är helt sann, i en kvällstidning, som fick utgöra basen till den kriminella händelse som däremot inte alls är sann. Men den är högst sannolik. Det du nu kommer att läsa handlar inte bara om kriminella personer utan även om en korrupt polis.

Reportaget i tidningen handlade om utställningen, på Kungl. Myntkabinettet, av den första amerikanska dollarn. Den präglades 1794 och har ett försäkringsvärde av 80 milj. svenska kronor. Vid museet fanns pansarbilar och många vakter.

Min fantasi skenade iväg och jag for till museet. Tänk om någon skulle stjäla myntet. Jag satte mig i restaurangen och skrev en synopsis. Rena receptet på en kupp. Tur ingen såg vad jag skrev!

Jag har även placerat scenerna i boken även i övrigt på verkliga platser och miljöer.

Andra utgåvan

Läsare och bloggare hörde av sig med synpunkter. Tack alla! Ändrar nu enligt de här informationerna samt att jag sett själv att det funnits några logiska vurpor som medförde att jag skrev ett par nya kapitel samt gjort en del andra ändringar,

Om författaren

Författaren till boken är Christer Wallgren. Hans har alltid sysslat med författande och texter av olika slag. Men först nu har han tagit sig tid för att förverkliga intresset på allvar med f.n. 2 kriminalromaner. Vit Lögn är hans debutbok, viken nu revideras i en andra utgåva.

Ruta Ett är en fristående uppföljare.

Läs gärna mer på: www.christerwallgren.se.

KAPITEL 1

Jag gick ner i garaget i huset där jag hade en bostadsrätt på andra våningen. Jag hade köpt den för tre år sedan. Läget intill Katarina Kyrka var ljust och fint, särskilt idag då himlen var absolut knallblå och solen hade börjat värma. De sista snöfläckarna var bortsmälta sedan länge.

Idag skulle jag ta bilen till ett stort möbelvaruhus i Kungens Kurva, ett par mil söder om söder. Min fästmö Lisa bodde hos mig allt oftare och det behövdes en del pinaler till köket och hon ville gärna ljusa upp vardagsrummet med en golvlampa.

Lisa jobbade på en skola i Stuvsta där jag tänkte hämta henne efter att ha handlat vad som stod på listan jag hade i fickan.

Jag körde genom garageporten och ut på Högbergsgatan som ledde ner mot Götgatan. Jag tänkte passera den för att fortsätta mot Hornstull och vidare via E4 till Kungens Kurva.

Högbergsgatan korsar Götgatan och innan dess är det en backe som på vintern kan vara förrädisk. Men nu var det vår och korsningen som jag närmade mig var inte ljusreglerad. Götgatan var full i gångtrafikanter och cyklister. Men det borde inte vara några problem. Gällde bara att bromsa ner farten innan korsningen.

Jag körde nu Högbergsgatan söderut. Radion var på och musiken strömmade ut genom högtalarna på hög volym. Jag tänkte på det planerade bröllopet med min älskade skolfröken, Lisa.

"Den här dagen var ju perfekt att vara ledig på" tänkte jag. Jag jobbade som Polisinspektör på Polisen i Stockholm.

Plötsligt small det till i bilen. Smällen var inte så hög, lät som jag kört på någon sten. Jag tittade i backspegeln när jag körde nerför backen, men såg ingen sten, eller annan orsak till oljudet.

En ung person sneddade över gatan framför kylaren på bilen, precis när jag tittade i backspegeln. Det överraskade mig så att jag måste bromsa in.

Bromspedalen gick i golvet, men det fanns inte den minsta bromsverkan.

"Vad i helvete händer!" Jag hann tänka en hel del. Den unga personen klarade sig med nöd och näppe, men bilen rullade ner mot Götgatan i allt högre fart.

"Vad fan ska jag göra? Måste få stopp på bilen innan korsningen, innan någon olycka händer" tänkte jag.

Motorbromsa verkade meningslöst, bilen rullade allt snabbare ändå. Backen var för brant. Att stänga av tändningen skulle inte fungera för då tappar man styrningen.

"Handbromsen, ja, handbromsen borde fungera" tänkte jag med en känsla av panik. Jag drog allt vad jag kunde i spaken

och började tuta med signalhornet för att uppmärksamma övriga trafikanter och hoppades på att de skulle förstå att de skulle hålla sig undan.

Det var en Januaridag med temperatur kring nollstrecket. Det var barmark men isfläckar. Gatan var fuktig som den kan vara under den här tiden på året. Handbromsen fick inte den effekt som Jag hoppades på. Bilen bromsades in men började sladda när hjulen gled på underlaget. Jag styrde mot men framhjulen tog i trottoarkanten och studsade upp.

Nu var jag framme vid Götgatskorsningen och ingen hade noterat framfarten. En bråkdel av en sekund senare tog höger framdel på bilen i en stolpe. Stopp blev det, stolpen vek sig och vägmärket slog i gatan.

Airbagen utlöstes med en ljudlig smäll. Men säkerhetsbältet fungerade och jag kom undan med blotta förskräckelsen.

Bilen hade träffat en person som gick på trottoaren där hjulet hoppade upp. Jag blev rädd för att något mycket illa hade hänt.

Jag klev ur bilen för att hjälpa kvinnan som nu låg på gatan alldeles stilla. Fan, fan, fan också, hoppas hon inte blev allt för skadad.

Folk stannade och tittade. Någon skrek "hur fan kör du!"

Kvinnan hade troligtvis brutit benet, jag kunde inte riktigt avgöra det. En ambulans tillkallades och samtidigt skulle de skicka en polisbil till platsen. Den stackars tjejen, som nu kommit i kläm mellan min bil och husväggen, jämrade sig, Det handlade mest om benet. Jag pratade med henne för att lugna och motverka chock, under tiden vi väntade på hjälp.

Personen som nyss högljutt tyckte jag var en idiot, sparkade på kofångaren och gick sedan sin väg.

När ambulansen åkte iväg, ringde jag till min chef och bad honom om att beställa en teknisk undersökning. Jag kunde inte förstå hur bromsförmågan så plötsligt kunde vara borta. Tankarna for till sabotage. Någon måste ha gjort något med bilen i avsikt att skada mig. Sådant gör man bara mot en polis om det är stora saker på gång.

För ett par veckor sedan, hade jag fått ett brev. Ett hotbrev av den gamla hederliga sorten sammansatt av bokstäver klippta ur en tidning. På det här området hade inte den digitala världen satt sina spår. Texten löd " lÄgg Ned diTT SnokanDe anNaRs händer Det nÅgot OtreVligt."

Jag jobbade med olika utredningar men kunde inte sätta brevet i sammanhang med något jobb. Kunde det otrevliga i brevet ha något med den här olyckan att göra?

Vad jag nu berättat hände torsdagen den 28 januari 2016, samma dag som jag skulle ut och käka med Lisa

KAPITEL 2

Jag, Per Åström, jobbar på Rikskrim med allehanda brottslighet. Jag är 63 år gammal och har hunnit skaffa mig en bred erfarenhet när det gäller kriminalitet och polisarbete. Som i alla yrken finns en vardag och för mig består den mest av olika utredningar om mord och grov misshandel i samband med organiserad brottslighet. Även den som sträckte sig utanför Sveriges gränser.

Mina barn, 22 och 24 år gamla, en tjej och en kille, var på besök idag. Jag var skild sedan 6 år tillbaka och levde ett liv på Söder i en lägenhet intill Mosebacke Torg. Den var lite för stor för mitt behov. Men planen hade varit att barnen skulle få ha var sitt rum. De var nu stora nog för att flytta till egna lyor, vilket de båda gjorde förra året. Så nu hade jag omvandlat ett av rummen till arbetsrum där datorn placerats, men även en synt med avsikten att jag skulle lära sig att spela betydligt bättre än vad mina baskunskaper medgav. Men det hade bara blivit planer och de kurser jag tänkte gå, blev aldrig av.

Det faktum att jag hade en bred erfarenhet av att utreda organiserad brottslighet gjorde att jag några gånger fått ta hand om det som ännu inte blivit ett brott utan måste bevakas i preventivt syfte. Tex hade jag fått ta hand om en utställning av Prinsessan Dianas juveler här i Stockholm på Slottet. Den normala bevakningen sköttes av vaktbolag men det fanns enligt SÄPO vissa rykten om att något kunde hända och att den brittiska regeringen hade vädjat om en bevakning från svenska myndigheters sida. Det skulle väl vara pinsamt för både den svenska och brittiska regeringen om något skulle försvinna. Den utställningen var för 8 år sedan.

Till de mer märkliga uppdragen jag haft hörde en utställning av Fransk Bulldogg på Kolmårdens djurpark. En kennel från Frankrike besökte djurparken och ställde ut på en tävling med likasinnade från Sverige. Vad som tilldrog sig polisens uppmärksamhet var det faktum att ett antal terrordåd hade utförts i Frankrike och målen tycktes alltid vara offentliga evenemang av olika slag. Någon på SÄPO ansåg att eftersom utställningen kom från Frankrike och den geografiska platsen var både känd och gjorde det lätt för terrorister att försvinna in i havet av besökare, så var detta ett presumtivt mål att bevaka.

Vid ett av besöken på Kolmården, som jag gjorde i syfte att rekognosera parken, satt en skolklass ledd av ett par lärare. En lugn klass med intresserade elever som läste på skyltar och frågade sina lärare om saker de inte förstod.

Jag stod vid staketet till Savannen och beundrade girafferna. De var två stycken som avnjöt sin lunch ur matlådor som satt placerade högt ovan mark. Klassen kom traskande efter den lilla vägen och stannade intill mig.

"Jobbar du här" kom ett av barnen fram till mig och frågade. "Nej jag är bara här och tittar" sa jag, "gillar giraffer för de är så vackra och ståtliga."

"Ståtliga? Vad betyder det?" svarade barnet tillbaka. Nu hade biologilektionen svängt över till svenska språket.

"Det är när något är vackert, stiligt och praktfullt" kommenterade jag tillbaka.

Den kvinnliga läraren som fram och sa "Du verkar ha lärartalanger? Du får ursäkta mina frågvisa barn! De borde störa mig i stället för dig."

"Har alltid tyckt att läraryrket varit inspirerande och utvecklande, men jag är inte lärare" sa jag och bet lite i tungan för att inte avslöja mitt yrkesval. Och framför allt inte vad jag gjorde här.

Klassen gick iväg och tjattrade om allt möjligt, mest om att de skulle se tigrar snart och de var farliga. De tuffa eleverna försökte bräcka varandra med alla saker de skulle göra med tigrarna.

Jag promenerade runt i parken och tänkte på läraren, som jag tyckte lät väldigt trevlig och så var hon snygg också i sitt bruna halvlånga hår.

Jag gick iväg mot området där Delfinariet ligger. Här samlas mycket folk och det kunde bli ett möjligt mål för terrorister. Apropå mål, tänkte jag, jag börjar bli hungrig och det kändes speciellt när jag passerade Bamses Värld, alldeles intill torget i Småköping, där ligger Farmors kök. "Här serveras köttbullar och pannkakor av Farmors egna recept och pannkaksmenyn är ekologisk rakt igenom. Glöm inte att testa Farmors populära smultron- och jordgubbssylt och avnjuta utsikten över Småköping" ropade en skylt till mig och framför allt till de barn som passerar.

Det får bli barnmat idag, tänkte jag, köttbullar på Farmors vis, lät inbjudande. De serverades med potatismos och gräddsås. En tallrik placerades på min bricka. Helst skulle jag vilja dricka lättöl men marknaden för det hos Farmor var liten, så det alternativet fanns inte. Fick bli lingondricka istället.

"Får jag plats här" frågade jag.

Sådär 25 ungar satt vid alla bord och det fanns ett par platser lediga bredvid läraren som jag träffade vid Savannen och girafferna.

"Slå dig ner här" sa läraren. "Lisa heter jag."

"Per" sa jag, lite omtumlad av den omedelbara presentationen.

Detta var inledningen på en relation som skulle leda vidare, men det visste jag inte då!

KAPITEL 3

Jag var fortfarande skakad av vad som hänt på dagen. Jag skulle till jobbet efteråt men hade svårt att samla tankarna och fokusera på mina arbetsuppgifter. Jag tänkte mest på den stackars tjejen som kom i kläm mellan bilen och husväggen. Nu var bilen på teknisk undersökning här på polishuset. Jag avvaktar nog den tekniska undersökningen innan jag ringer henne. Jag hade fått numret av henne innan hon for iväg med ambulansen.

Ikväll hade jag och Lisa bestämt att vi skulle gå ut och äta. Vi skulle ses klockan sex på krogen mittemot Medborgarplatsen. Vi bodde ihop sedan några månader och det kändes som det var dags att legalisera det hela. Jag hade förberett mig genom att gå till juvelerarbutiken i förra veckan och se ut några ringar. Hon ville säkert vara med och bestämma design och utförande, så jag tog en bild på mina favoriter. Jag log vid tanken på det nya sättet att fria på, med en bild i mobilen. Vi hade pratat om att förlova oss tidigare, men hon var nog inte beredd på just detta ikväll.

Tyvärr måste jag också berätta om dagens tråkiga händelse samtidigt. Jag hann inte mer än tänka tanken klart så ringer telefonen. Det var från undersökningsledaren på tekniska. "Hej! Är det Per?" sa han.

"Ja det är Per Åström" sa jag.

"Vi har hittat problemet med din bil" sa han "det var så att bilen försetts med en spränganordning kring huvudcylindern i bromssystemet. Den hade utlösts av en tidskrets"

"Då stämmer det med hotbrevet jag fick för en par veckor sedan. Jag har skickat brevet med en anmälan då jag fick det och det ligger nu för utredning" sa jag.

"Otäckt" sa han "jag registrerar detta nu så får den undersökningen gå vidare och en kopia går till din chef, Las Lager, var det så han hette?"

"Stämmer bra det, gör så, tack!" sa jag.

Klockan gick fort. Jag berättade för den olycksdrabbade tjejen att det blivit ett tekniskt fel på bilen så det var orsaken. Att det var sabotage höll jag för mig själv. Jag frågade också hur hon mådde och fick till svar att det var efter omständigheterna väl Hon hade ont i hela kroppen, och det var inte att vänta annat så mörbultad som hon blev.

Samma sak sa jag till Lisa under middagen. Jag ville inte i det här läget oroa henne med misstankar om sabotaget. Ja, att det var sabotage, det visste jag, men vem som låg bakom och varför visste varken jag eller min chef i nuläget.

Det blev friterade fiskbullar till förrätt. Ovanligt, jag hade aldrig testat det tidigare. De var fastare i konsistensen än vanliga svenska på burk. De serverades med en stark sås, inte eldigt stark, som tur var, för det gillar jag inte. Garneringen var citron och persilja. Smakade utsökt.

Nu väntade vi på huvudrätten och vi hade bestämt att vi inte skulle ha någon efterrätt.

Krogens inredning var spartansk. Den var av typen kinain-spirerat förortsstuk. I fönstren hängde röda gardiner med fransar. Musik strömmade ur högtalarna, inte asiatisk utan västerländsk mjukpop från 1980-talet.

Sedvanliga tavlor satt på väggarna med motiv från kinesiska landskap, romantiskt färgade i röd/rosa pastellfärger. Inte en enda taklampa i den stil som är så vanlig annars för kinakro-gar. Lokalen lystes upp av 28 st små spotlights vilket gav både intim allmänbelysning och bra ljus över borden.

Ölsortimentet var i huvudsak svenskt men åtminstone två sorter verkade vara av asiatiskt ursprung. Jag valde en lager-typ som var rätt smakrik. Fanns i två storlekar och den större fick ta plats på mitt bord. Det var en Thailands lageröl, rätt god måste jag säga.

Serveringen var rätt ordinär, men trevlig och uppmärksam, utan att vara påträngande.

Mycket gäster var det, till skillnad mot vanliga kinakrogar. Alla satt tysta och lågmälda, förutom ett sörplade barn som tyckte att en Coca-Cola inte får förgås, inte en droppe får för-spillas.

Jag halade fram mobilen, och letade fram rätt bild. "Du, Lisa" sa jag. "Det här har vi snackat om tidigare" och visade henne bilden på ringarna. Lisa sken upp. "Är det här ett frieri?" ut-brast hon med ett stort leende på läpparna.

"Ja" sa jag, "Vill du gifta dig med mig?" sa jag och kände mig lite bortkommen.

"Självklart" skrattade Lisa, "självklart"

"När skall vi göra det? frågade hon.

"Jag kollade med Stadshuset och påskafton var ledig. Det är den 26 mars i år, så det är mitt förslag" sa jag.

"Topp" sa Lisa.

KAPITEL 4

Dagen för bröllopet närmade sig fortare än man kunde ana, så nu gäller det att ligga i. Lisa skulle upp till Torpshammar innan dess, så det vara bara att sätta igång. Vi hade bestämt oss för Påskaftonen och bokat Stadshusets vigselsal. Vi skulle slå på stort, det skulle bli den långa akten, hela tre minuter. Men innan dess skulle hon avsluta terminen på skolan. Hon älskade sitt jobb med alla härliga ungar i tredje klass. Så hon skulle gott kunna fortsätta hela sommaren men med ett par veckors semester om det inte vore för en sak.

Lisa hade en jättefin klass men med två elever som hon inte fick ordning på. Helt hopplösa! Allt hittade de på, allt utom att intressera sig för lektionerna och den kunskap hon ville förmedla.

De här två eleverna tog fullständigt musten ur henne. De störde lektionerna. Satt och spelade på mobilerna trots tillsägelser, snackade med varandra under lektionstid, slog andra elever, de flesta gånger utan anledning.

Självklart hade hon och rektorn tagit upp detta med föräldrarna, men de verkade inte ha egna krafter att sätta in för att få till en förbättring.

Så efter ett par föräldramöten utan framgångar hade man beslutat att blanda in socialförvaltningen.

Detta slet hårt på henne, inte bara den fysiska och mentala ansträngningen utan även vetskapen att de här ungarna hade för små chanser att komma ur utanförskapet.

Våren hade knappt börjat. En vecka i slutet av december hade det varit minusgrader och snö, men nu i mitten av januari, hade vädret växlat och ljumma vindar från söder drog nu genom Söders höjder. Lisa hade lämnat porten i huset där hon numera bodde tillsammans med mig, hennes blivande man, intill Katarina Kyrka. Vi hade bestämt oss för att gifta oss efter ett år tillsammans. För ett år sedan träffades de på Kolmårdens djurpark. Hon bodde i Stuvsta och var lärare där på en skola. Men nu hade hon, för en månad sedan, flyttat in till mig på Söder och det skulle bli vår gemensamma bostad i fortsättningen.

Idag hade hon tagit ledigt för att gå och hitta en bröllopsklänning som skulle passa till en borgerlig vigsel. En lagom flott blåsa, helst blå eller röd. Det skulle passa hennes hårfärg, tyckte hon. Nere på Hornsgatan fanns många butiker med festkläder vilka hon nu skulle besöka.

Hennes skor klapprade mot den kullerstensbelagda gatan. Kvarteret de bodde i, hade använts till så många filmer med sekelskiftesmiljö. Husen och gatorna verkade finnas i alla TV-serier och spelfilmer av värde verkade det som.

Husen var av sten för det mesta, men ett och annat trähus fanns också. Av någon anledning var stenhusen ljusa i en gul-beige kulör men det närmaste trähuset hade en fasad i mörkt grönt. Det hus vi bodde i var från 60-talet och hade en brun-röd ton.

Om man tittade man till höger i gatukorsningen, syntes Katarina Kyrkas norra fasad. Den utgjorde en mäktig syn i det skarpa solskenet med en klarblå himmel. Kontrasten mellan den blå himlen och den gula kyrkan förstärkte intrycket.

I området rörde sig många flanörer och en stor del av dem stannade och fotograferade omgivningarna, husen, kyrkan och selfies med den gamla miljön som bakgrund. Lisa tänkte att hennes kvarter var nog det mest visade på Facebook. Men det var bara en känsla, inte vetenskapligt belagt.

En man satt på trappen till huset tvärs över gatan och läste en tidning, två tjejer passerade fnittrandes, tog fram mobilen och, självklart, tog en selfie. Det var ytterst nära att Lisa blev förevigad på den bilden.

Lisa gick vidare upp mot Mosebacke torg, sedan vidare mot till Mariatorget via Urvädersgränd och S:t Paulsgatan och sedan ner på Hornsgatan. Här låg av någon anledning alla butiker hon skulle besöka på rad. Det var bara att beta av dem en efter en. Lisa tyckte allt hon såg var fint, kan det vackra vädret ha en inverkan på klädernas färger och lyster? Men billiga var de inte. Började på 3 000 kronor och slutade på 25 000 eller kanske ännu mer. Det var svårare att välja än hon trodde. Visst hade hon bestämt sig för blått eller rött men den snyggaste klänningen var vit. Hon måste nog fundera ett tag på valet och tog bilder av favoriterna som minnesstöd.

Hon hade nu kommit ner till Zinkensdamm och var rätt trött i fötterna. Det fick bli tunnelbana till Slussen så sparade hon i alla fall några steg. På resan plockade hon upp några bilder och skickade dem som MMS till mig med hälsning "Vad tycker du", kort och gott, med en glad Smiley som avslutning.

En av bilderna som hon tog av en blå klänning var tagen så skyltfönstret syntes i bild. En skugga i ett fönster som i en gammal Hitchcockrulle. Inget konstigt med det annat än att precis när hon knäppte bilden stod en man och kikade in i butiken. Så blixtljuset måste ha skapat prickar i ögonen på honom.

KAPITEL 5

Min chef, Lars Lager, hade stämt träff med mig på ett ovanligt ställe. En kaj nedanför Moderna Museet. Klockan två denna onsdagseftermiddag hade vi avtalat. Jag undrade naturligtvis varför just där, Lars svarade att det berättar jag när vi ses.

Jag var på kontoret, men chefen syntes inte till. Klockan ett begav jag mig denna soliga eftermiddag till Tunnelbanestationen för färd till T-centralen och byte till buss 65 till Skeppsholmsbron. Bussen stannade på Blasieholmen där det omtvistade Nobelmuseet skall ligga. Man kunde verkligen fundera över det kloka i att lägga det just där, av många orsaker, bl.a. trafiksituationen på platsen. Hur skulle all busstrafik få plats när det är så rörigt redan idag.

Solen brände i pannan, trots att det bara var vår, när jag gick över bron till Skeppsholmen.

Af Chapman, det gamla skeppet, som nyligen fått en genomgång och renovering, låg som vanligt vid kaj och väntade på gäster. Fartyget användes som vandrarhem och jag undrar om man kan bo bättre som turist i den här staden. Tala om sjöutsikt, vatten runt om. Endast en landgång skvallrade om att det fanns land i närheten. Som den gamle sjökaptenen sa, land det har man bara för att kunna förtöja båten!

"Nu hade chefen sagt att när jag kommer över bron skall jag gå till vänster genom en port i träplanket och där bakom skulle vi mötas. Undrar vad som var så viktigt att man måste mötas just här," tänkte jag. "Polishuset var fullt av mötesrum."

Jag passerade genom träporten som på något sätt skapade en vind igenom öppningen. Porten koncentrerade den relativt svaga vind som annars fanns till en kuling genom hålet. Väl på andra sidan såg jag kajens början och på den stod också chefen iklädd arbetskläder. Vad skall hända nu, han menar väl inte att jag skall jobba på någon båt. Jag hade aldrig hört något om att Lars skulle äga en båt. Besynnerligt detta, men jag får väl snart veta.

"Hej", sa jag!

"Tjänare", sa Lars.

"Vad ska vi göra här," sa jag "du ser ut som du skall sjösätta något?"

"Nä då, sånt har inte jag råd med," skrockade Lars. "Men jag tyckte att det räckte med att en av oss såg ut som en landkrabba. Jag ville vi skulle träffas här för att vara mer ostörda. Jag tänkte jag skulle ge dig ett uppdrag av känslig natur," fortsatte han. "Ska vi ta en liten promenad här på kajen?" undrade Lars.

Vi gick längs kajen där det låg rätt stora båtar förtöjda, Allt från 25 fots segelbåtar upp till skepp på en 12–15 meters längd, kanske någon ändå större. Allt var lugnt, nästan ingen syntes till i eller vid båtarna utom på en båt där en man och en hund syntes. Såg nästan ut som de nyss lagt till och höll på att ställa i ordning tampar och rep. På däcket sprang en hund runt och viftade på svansen.

”Jo” sa chefen, ”jag ville träffa dig för att diskutera ett uppdrag. Ett uppdrag som inte egentligen är ett polisuppdrag i vanlig mening, mer likt ett bevakningsuppdrag.”

Vi gick längs kajen. Lars fortsatte sin beskrivning av uppdraget. Träplankorna såg lite nötta ut. Kvistarna stack upp några millimeter ur plankorna de satt i. Antagligen hade träet krympt mellan kvistarna så det såg ut som de hade krupit upp ur ytan.

"Du skötte förra bevakningsuppdraget vi fick på oss, det med Dianas utställning, väldigt bra och de här uppdragen liknar varandra."

Vad Lars syftade på var en utställning av juveler som prinsessan Diana hade haft och som visats upp på Stockholms slott under en vecka för åtta år sedan. Då hade jag fått ta hand om hela arrangemanget. Mest var det kontakter mellan olika myndigheter och uppdragsgivaren, allt ur ett bevakningsperspektiv.

"Så jag hade tänkt att du skulle få ta hand även av detta. Det var ett vinnande koncept," fortsatte Lars "du vet hur du skall göra, vilka kontakter du skall ta."

"Men vad är det som skall övervakas," avbröt jag, samtidigt som vi gick förbi båten med skepparen och hunden. Hunden var nu på bryggan och skällde så det gick inte att samtala. Jag höjde rösten rejält, men tystades ner av Lars.

"Ska du berätta för hela Stockholm vad vi håller på med!" väste Lars.

Skepparen höll på med att spänna en förtöjningslina mellan båten och bryggan. Han stod och drog i tampen och hunden tyckte han skulle hjälpa till och fick tag på tampänden och drog för glatta livet under ett väldigt morrande.

"Nå...vad skall övervakas?" frågade jag igen?

"Det vill jag inte berätta än, inte när det skall ske heller. Vi tar det senare. Men du skall se det som att svenska utrikesdepartementet är vår "kund." Du skall dessutom hålla kontakt med den amerikanska ambassaden."

"Det var inte mycket att gå på detta" sa jag. "Kunde vi inte tagit detta på kontoret?" frågade jag, samtidigt som en kraftig vindil både slamrade med mastlinor och samtidigt såg till att en soptunna ramlade omkull och spred sitt illaluktande innehåll över kajen.

KAPITEL 6

Mr John Zhang var ett alias, som var brukligt i Asien vid kontakt med västerlänningar som hade svårt att komma ihåg de namn som de egentligen hette. Mr Zhang heter egentligen Zhang Zemin vilket menas att han var den yngre av bröderna Zhang. Den äldre heter Zhang Zedong. Ze är en generationsmarkör som föregår ordningsnamnet "dong", "min", "tan" dvs 1, 2 och 3:e i ordningen.

Johns pappa Zhang Lee hade startat ett företag i metallvarubranschen på 1940-talet som John hade övertagit. Affärerna gick väldigt bra. Visst hade metallpriserna gått upp och ned, ibland väldigt mycket ned. Men Kinas investeringar i industri under många år hade skapat ett behov av metaller som blev lönande affärer för företaget som nu hade över 800 anställda.

John hade sedan barnsben varit intresserad av metaller som material. Dess struktur och färg hade fascinerat honom. Guld, silver och platina fanns självklart på topplatserna i hans rankinglista. Men järn, koppar och andra oädla, men rena metaller stod högt upp, speciellt om de bearbetats och polerats kunde de bli rena konstverken och det tilltalade honom mycket.

Även legeringar, om man formgav och tillverkade saker av dem, tillhörde det John gillade. Mynt kom därför att bli en avancerad hobby hos John. En rejäl samling av värdefulla mynt fanns i Johns ägo. Mynt från världens alla hörn som han köpt eller fått som gåva, ibland som utbyte i någon affär som inte tålde dagens ljus.

Men det fanns ett mynt som han inte hade, det mest åtråvärda av dem alla.

Som det ibland brukar vara, går det ibland lite för fort i affärsvärlden och det väcker uppmärksamhet. Det mesta är väl positivt men tyvärr drabbas man, om man inte ser upp, av ohederlighet och människor som vill sko sig på framgångarna. För det mesta kunde Mr Zhang skilja ut agnarna från vetet. Men för rätt många år sedan nu, hade han hamnat i det läget att han måste beblanda sig och sina affärer med oseriösa personer där båda såg till att tjäna på businessen. Vid något tillfälle hade kontakter och uppgörelser gått så långt att mord, dvs rena avrättningar, hade utförts som beställningsverk. Nu var det mesta av detta avklarat men det hade resulterat i att John hade en hållhake på en person som var djupt inblandad i de här skumraskaffärerna. Den här personen, Harry Feng, var bosatt i både Stockholm och Hongkong. Han flyttade emellan, beroende på vad som passade hans affärer bäst. För det mesta handlade det om narkotika.

Mr Zhang hade via medhjälpare, skaffat sig "försäkringsdokument", mest i form av komprometterande bilder för alla eventualiteter skull. Rena utpressningen alltså.

Vid ett av fotograferingstillfällena hade det uppdagats att Harry hade haft kontakt med en polisanställd i Stockholm. Vad för kontakt det hade rörts sig om visste inte John, men det hade skett vid ett flertal tillfällen. Men eftersom Harry handlade med narkotika kan man nog tänka sig att Harry mutat till sig uppgifter som kunde vara till nytta i den handeln.

Harry var en kontakt, John som han hade haft sedan länge. Harry ingick i ett kriminellt nätverk som där även John var medlem.

Harry hade kontakt med leverantörer av opium, marijuana och andra droger i Brasilien bl.a. Detta hade tilldragit sig en del intresse hos CIA i USA som, utan att Harry visste om det, höll ett öga på honom. Det var väl ingen närgången bevakning direkt men Harry hade aktat sig för att göra affärer i USA utan riktat sin aktivitet till Europa. Därför kunde inte myndigheterna sätta dit honom för något, men informationen de samlade in, delade de gladeligen ut till andra länders säkerhetspolismyndigheter.

Johns stora intresse för metaller och i synnerhet mynt gjorde att han ville komma över ett speciellt mynt. Det gick inte att sälja men skulle imponera stort på den allra innersta vänkretsen samtidigt som det skulle bli en slags hämndaktion för det han hade fått uppleva i barndomen i Vietnam. Som uppvuxen i Vietnam drabbades han av amerikanarnas framfart och kom att hata hela USA och vad de stod för.

Visserligen gjorde John bra affärer med USA men hatet satt som en tagg och gnagde. Om han kunde lägga beslag på myntet skulle han alltså skymfa "Stars and Stripes" men även kunna visa upp både mod och stor förslagenhet inför vännerna. Självklart kunde de gärna förstå att han hade en viss makt också, det skadade inte.

Nu hade det kommit ett tillfälle som ökade möjligheterna för John att höja sin status, högst väsentligt. Myntet skulle visas på olika utställningar runt om i Europa. Under mobila utställningar är säkerheten betydligt lägre för det finns många blottor.

John hade med åren blivit en riktig kännare när det gällde mynt och nu hade han fått korn på kungen av alla mynt. Han skulle väcka uppmärksamhet och respekt om han kunde få det här myntet i sin ägo. En uppgift som inte skulle bli så lätt. Myntet visades normalt i Washington men var så välbevakat att kostnaden för att komma över det skulle bli för stor.

En plats som samtidigt är lugn och där garden är lägre hos polis och vakter, är Skandinavien. John kände bara en person som hade den rätta kalibern och resurser för att utföra ett sådant här jobb och det var Harry! De hade lärt känna varandra av en ren händelse när Harry sålde knark till en av Johns anställda på en restaurang, för flera år sedan. John hade av en ren slump kommit på dem och John var inte sen att utnyttja den haken. Harry hade fått hjälpa till vid ett antal tillfällen när John behövde en mer handgriplig hjälp med "övertalning" av krångliga personer.

John hade träffat Harry personligen vid ett antal tillfällen, men försökte att numera inskränka träffarna till tillfällen som var absolut nödvändiga. Därför skrev han ett mail och bad om en träff. Kommunikationen var väldigt avancerad med Harry. Alla mail översattes först till ett språk som bara 300 indianer talade och sedan krypterades även mailet. Problemet var att det saknades en hel del ord som de fick uppfinna. Ett översättningsprogram användes på PC:n och ordboken fanns på ett USB-minne som överlämnades vid ett personligt besök för ett par år sedan.

Mailet i det här fallet var enkelt och kort med förslag på datum och klockslag, för övrigt något som inte indianerna hade i sitt alfabet. De orden fick alltså uppfinnas precis som orden flygplan och båt, bara för att ge några exempel.

I Hongkong finns världens tätaste stadsmiljö och världens dyraste lokalhyror. Tack vare de höga kostnaderna är det svårt att starta restauranger på vettiga lägen i stadens centrala områden. Därför har begreppet "private kitchens" uppstått här. Detta är en typ av restauranger som döljer sig i lägenheter, kontorshus och omgjorda källarrum. Man får lätt en känsla av att avslöja en hemlighet när man besöker ett "private kitchen." Sällan syns skyltar eller andra visuella tecken på att man närmar sig restaurangen. Som gäst har man bara adressen att gå på, kanske också en portkod, eller, om man har riktig tur, restaurangens namn skrivet med västerländskt alfabet bredvid en porttelefonknapp.

En annan fördel med ett "private kitchen" var att alla inte hittade dit och att man alltid måste beställa bord i förväg. Man kunde därför sitta ostörd och inkognito.

De flesta av de här restaurangerna serverade en utmärkt meny, ja till och med riktigt kulinariska läckerheter och John avtalade ett möte med Harry på Club Qing, 8–11 Lan Kwai Fong, Cosmos Building, 10.e våningen. Den var som en dykning rakt in i 1920-talet.

Harry var punktlig som vanligt och de tog hissen upp till 10.e våningen och gick fram till den anonyma dörren där det stod "QING" på en dörrklocksknapp som naturligtvis var designad i en sirlig 20-tals stil.

En kvinna i vit dress kom och öppnade. Hon frågade efter namnet och kollade det mot bokningslistan. "Välkommen till Club Qing, var så goda och följ mig" sa hon och visade oss 2 platser vid fönstret i ett privatrum. "Hyfsad utsikt" sa Harry och tittade ut över trädtopparna i Hong-Kongs Zoologiska Trädgård.

Club Qings specialitet bland drycker var japanska whiskeys. Nästan alla sorter fanns i den jättelika hyllan bakom bardisken. "Min favorit är Karuizawa, den är utsökt" sa John, "får jag bjuda på en" fortsatte han.

"Ja tack, det vore trevligt" sa Harry.

"När jag ändå är i farten och föreslå" sa John, "Slow Cooked Beef Stew är ett utmärkt val, vad tycker du?"

De avnjöt, ja verkligen njöt av den utsökta måltiden som var vällagad och smakrik, fint upplagd och en fröjd för ögat. Efter maten blev det kaffe och ännu en whiskey, denna gång en Fuji Gotemba, lite blekare i smaken än den förra.

"Som det är brukligt, skall du och jag snacka lite affärer till kaffet och whiskeyn" sa nu John som inledning till ett samtal där han förklarade var objektet skulle kunna hittas. Han ville återkomma via mail om detaljer om plats och datum för ett "tillslag." John ville först få acceptans av Harry gällande jobbet. Det skulle ske i Stockholm, men var, ville han inte avslöja ännu. Men Harry skulle få full frihet att planera, hur och i detalj, när han ville genomföra detta.

"Det kommer nog att krävas att ni skaffar er bilar och en liten skara duktiga medhjälpare. Vi måste även komma överens om var och när överlämnandet av objektet skall ske. Men lämpligast är i ett land som inte är så nitiskt i säkerhetskontrollen" menade John. "Ersättningen kommer att bli 200 000 amerikanska dollar"

Detta måste jag få tänka igenom ett tag" sa Harry, "Det blir en del resor, knyta upp en del kontakter med mera" sa Harry. "Men kan jag göra så att jag hör av mig om några dagar på mail?"

"Det blir bra det" tyckte John, som normalt inte hade så mycket tålamod att han kunde skryta med det. Men han var tvungen att acceptera det, men lade till "vänta inte mer än en vecka bara, annars blir det för sent" i vetskapen att han inte hade så många alternativ till lösning.

De avslutade måltiden och sin diskussion och det var nu dags att betala notan, John tog hand om den och tog fram en sedelbunt ur fickan.

Enbart kontant betalning accepterades på Club Qing. Man kunde tänka sig att orsaken var att man skulle kunna spåra kreditskortnummer varken till gästen eller restaurangen.

KAPITEL 7

Harry satt på en bar i Hongkongs hamnkvarter. Ett rejält regn- och åskväder härjade utanför. Det var som om himlen var öppen. Vattnet strömmade inte i rännstenen, det hade bildat en vild å. Gatans höga trottoarkanter hindrade vattnet att forsa in i husen. Folk räddade sig in i butiker och barer. Till glädje för innehavarna förstås. Det var alltid bäst med bra väder på förmiddagen så folk lockades ut ur lägenheter och hotell så att skyfallen skulle jaga in dem sedan i butiker, barer och restauranger, senare.

Han hade beställt en öl och tänkte på den lilla informationen han hade, nästan ingen alls. Vilka ramar skulle han ha? Vad var det som skulle få en ny ägare? Var skulle det hämtas? Var skulle det levereras? När och hur lång tid hade han på sig och så vidare? Frågorna var många.

Harry funderade på vad John hade i kikaren. Om han skulle åta sig jobbet måste han få veta mer. Att det skulle ske i Stockholm var inte mycket att gå på.

200 000 dollar räcker inte, tyckte Harry så en förhandling med John måste till. Han ville ha detaljerna om jobbet samt 10% vid ingånget avtal. Harry vill skicka en medhjälpare till någon hos John för att erhålla en kontant summa innan han startade jobbet. Dessutom skall 40 % lämnas 10 dagar innan tillslaget och resten när objektet överlämnas på avtalad plats. Detta fick bli en utgångspunkt i förhandlingen.

Men Harry vet inte vad han skall stjäla och från var eller vem ännu! Naturligtvis kom även frågor upp om godsets vikt och storlek. Måste man skaffa en kranbil eller räcker det med en plastkasse? Hur många medhjälpare måste han engagera? Vem tar reda på tjuvgodset? Finns det alltid på plats? Larm? Inlåsning? Andra omständigheter? Harry skrev ner sina funderingar i en liten anteckningsbok. Han gjorde alltid det. En bok i en viss färg för varje jobb han åtog sig. De brukade han sedan bränna dagen innan tillslaget. Det här jobbet fick ha blå pärm.

Allt detta måste han veta innan han begär ett pris och kommer till själva förhandlingen.

Ovädret hade lugnat sig nu och han beslöt sig för att hyra ett hotellrum där han skulle sitta och organisera jobbet. Han hyrde alltid under falskt namn för att försvåra spårning. Och kontant betalning gällde. Inga kreditkort som skulle ge ledtrådar.

Han kom ut på gatan. Vattnet flödade fortfarande rikligt i rännstenen. Det enda han hade med sig var PCn och 2 USB-minnen. Ett för kryptering och ett för filer han behövde spara. Men båda skulle han förstöra samtidigt med anteckningsboken. Om jobbet hade en viss dignitet skulle även PCn behöva skatta åt förgängelsen.

När han på måfå gick runt på hamnkvarterens trånga slitna gator hittade han ett litet hotell. "Rum lediga" stod det på en enkel skylt i fönstret. En annan skylt upplyste om priset; $40/dygn $10/tim. Han gick in och såg lobbyn anständig ut skulle han hyra rum. Och det såg bra ut så det fick bli här. Han betalade $200 för 5 dygn. Det blev liksom en investering som kanske inte skulle betala sig!

Rummet var väl inte lyx och flärd precis men fick duga. Det var ljust inrett men möblerna spartanska och rätt fula. Men han skulle inte arrangera en designtävling där.

Solen letade sig ner genom gränden och gav ett behagligt sken in i rummet. Fönstret hade fått regnstänk och solen gjorde att det glittrade hemtrevligt.

Wifi fanns mot en viss avgift, det hade han kollat innan han bestämde sig. Man köpte en kupong med ett lösenord och den gjorde att 1GB frigjordes för hans behov av surfande och mailande. Upp med PCn på bordet, nu måste han skriva till John. Ett krypterat mail med frågor.

Det tog inte lång tid för John att svara. Krypterings-USBn öppnade upp texten snabbt och elegant.

"Vad jag vill att du skall göra" skrev John i sitt svarsmail," är att du skall hämta en liten metallbit i Stockholm och leverera den till mig."

"Metallbiten som du skall hämta och, finns på ett museum i Stockholms innerstad" knackade John in i tangentbordet. "Den kommer att finnas där under 4 dagar i maj? Hur du får tag på den och andra omständigheter får du ta reda på själv. Hur och när du skall leverera får du veta senare. Försäkringsvärdet är på 8 miljoner dollar, så du förstår säkert att det är väl bevakat. Allmänheten kommer att besöka platsen på dagtid. Hur bevakningen sker och när det är bevakat får du lura ut på egen hand! Enligt uppgift fraktas metallbiten i ett metallskrin som väger c:a 5 kg och är inrett med hållare och rödvit-randig sammet. På kanten finns en ögla där en kedja låses fast. Den andra änden av kedjan låses fast i något i byggnaden. En kabel är injackad i skrinet och är kopplad till ett larm-system. Skrinet innehåller sensorer för rörelse och läge på metallbiten. Jag antar att skrinet låses fast och larmas på samma sätt under transporten i transportbilen. Du har ett dygn på dig att leverera skrinet till Litauen där jag har arrangerat mottagandet och vidarefrakt till mig."

"Jag måste ha svar ikväll om du åtar dig uppdraget eller inte" avslutade John.

KAPITEL 8

Det var nu söndag morgon. Hotellet verkade som vara i en dvala. Frukostmatsalen var tom förutom en dam i ena hörnet som gott och väl hade nått pensionsåldern och hade ett format som om hon ätit upp halva frukostbordet.

Harry brukade inte bry sig om sådant men den här damen hade dessutom ett fruktansvärt bordsskick. Hon hade mat runt hela munnen och åt med kniven. Kaffe och juice sörplades in.

Frukostbordet gav ett mediokert intryck men där fanns i alla fall det nödvändigaste. Harry hällde upp en kopp te, bredde en bit bröd med smör, lade en bit ost på och gick till ett bord vid ett fönster. Utsikten var bara husväggen på andra sidan den smala gatan. Men den skrala utsikten gjorde inget. Harry måste fokusera på Johns förfrågan så han satt och vägde för och emot samt analyserade risker och vilka resurser han måste anlita.

I Stockholm hade han lärt känna Martin Ramsby, som var polis, i samband med narkotikaaffärerna. Mot en viss kostnad hade Harry fått information om polisens spaningar på langare och även förestående ingripanden. På så vis hade han kunnat hålla sig undan sammanblandning med distributörer som satt löst.

Harry hade medhjälpare som skötte den fysiska hanteringen av sändningarna och de måste få arbeta ostört.

Men kontakten med den här polisen, Martin Ramsby, hade även burit annan frukt. Han hade även en perfekt rekryterare i Fadi som på ett fenomenalt sätt hade hittat samarbetsvilliga kumpaner till både narkotikalangning och häleriverksamheten. Många konstföremål hade passerat genom deras händer till beställare utomlands.

Harry var inte orolig för att inte hitta medhjälpare men det skulle kosta. Det behövs folk som är villiga att riskera livet och de är dyra.

Hans funderingar avbröts av att en ur serveringspersonalen kom och dukade av. Det var ett himla skramlande med koppar, fat och bestick. Mer än nödvändigt, vilket störde honom.

Harry beslöt sig för att ta jobbet om han fick minst 1 miljon dollar, helst 3. Han gick upp på rummet för att skriva ett mail till John. Trots att de använde kryptering så skulle han inte skriva klartext. Så det fick bli "Hi John! I accept to do the proposed job, but need to discuss the fee."

Idag sken solen intensivt. Han tittade på väderleksrapporten på TV och den bådade gott några dagar framåt. Av gammal vana tittade Harry ner på gatan genom fördragna gardiner. Inte mycket folk här, bara någon enstaka turist som förirrat sig hit. Datorn gav ifrån sig ett ljud som indikerade att ett mail kom in i Inboxen. Trots att ljudet inte var så högt, hajade han till. Men det var väl att det var så tyst på rummet och ingen biltrafik utanför som gjorde att Harry tyckte att ljudet var högt.

Det var John som svarade "Låter bra det. Vi syns på vanliga stället i morgon kl. 13.00"

Det vanliga stället betydde Tsuen Wan- parken och en viss parkbänk. Väldigt nära bron över till ön Tsing Tsuen.

Harry var tidigt ute. Han hade tagit en taxi. Lackad i rött med ett gräddvitt tak. För en gångs skull gick det fort. Hongkong är en stad med en ständig trafikinfarkt.

Parkbänken stod intill gångvägen som låg närmast vattnet. Harry fortsatte längs parkvägen. Vattnet glittrade i den skarpa solen och ett par svanar gled graciöst i vattenytan. Kunde en morgon som denna bli bättre?

När Harry vände sig om för att promenera tillbaka hade John hunnit sätta sig på parkbänken och han verkade också beundra svanparet.

Harry, som inte tillhör de mest belevade här i världen, satte sig ner bredvid John med en duns utan att hälsa.

"Du, jag har funderat på ditt förslag" inledde han. "Det kommer att behövas en del folk"

"Jo kan tänka mig det" sa John lite uppgivet, "men tänker du hjälpa mig?"

"Jag menar att ersättningen behöver bättras på. De 200 000 du föreslog räcker inte på långa vägar. Jag gissar att jag behöver engagera 5–10 man, fixa bilar, muta kontakter och så vidare. Jag behöver 3 000 000, om det hela skall bli en affär för mig" menade Harry.

"Det var mycket! Har jag inte råd med! Att du behöver folk förstår jag, men det är väl inte så dyrt?"

"Det måste vara folk med rätt kaliber, vi pratar inte om några småtjuvar nu! Här behövs bilar, vapen, sprängmedel, skottsäkra västar, mutor, förberedelsetid och mycket annat" argumenterade Harry.

"Skottsäkra västar, vad ska ni med dem till, lite förluster får man väl tåla" invände John, varpå Harry svarade "Om personerna blir skjutna kommer stöldgodset att ligga kvar på gatan och det var väl inte meningen?"

"Du får 1 mille!" sa John, men Harry reste sig halvvägs upp för att markera sitt allvar. Som att, får han inte begärt pris, kan det lika gärna vara. Men när han kom upp på fötterna så ändrade John sig och sa "Vi har haft ett bra samarbete genom åren så du får 2 Miljoner inte en spänn mer!"

John suckade! "Okey, men då får du se till att godset levereras punktligt till en flygplats i södra Sverige. Och så får det inte bli som sist, att du skulle ha extra för något du kallade mutresa till Kanarieöarna! Inget extra för någonting accepteras" sa John med en barsk, nästan ilsken ton.

"Nä nä, inget alls!" blev Harrys svar. "Då är vi överens då?"

"Det tar vi i hand på!"

KAPITEL 9

Martin Ramsby har jobbat inom polisen många år nu. Trots en hel del utbildning hade hans klättring på karriärstegen inte gjort att han kommit mycket närmare den åtråvärda toppen.

Han anställdes efter polishögskolan som konstapel och han hade uppskattat att köra polisbilen och makten över människor mer än service och rättskipande. Något som visade sig i en rätt kaxig attityd. Detta tillsammans skapade problem för honom på fältet eftersom han lätt kom i dispyt med folk. Dispyter som sedan, i några fall, mer än medelnivån i statistiken, ledde till våldshandlingar.

Idag var han utredare på kriminalpolisen i Stockholm. Även detta en plats han tyckte var på "för låg nivå"

Martin hade också en egenskap som är graverande för en polis. Han visste hur han skulle kunna vända situationer till sin personliga fördel. Redan som konstapel kunde han "fria" de han tog fast genom att kräva mottjänster. Han hade till och med tagit mutor. Allt i skymundan såklart. En uppgörelse man till man. Mycket svårt att upptäcka av polisledningen om de anade att det inte stod rätt till. De kunde se det på statistiken i vissa fall, om Martin förde den på rätt sätt. Men det var inte alltid som han gjorde det. Den kunde han anpassa till sin fördel förstås.

Men det här hade nu tagit en sådan omfattning att den undre
världen kände till det, i alla fall i en begränsad krets i Stock-
holm.

Med åren hade folk flyttat omkring men kontakterna kvar-
stod, så Martin hade nu bekanta lite varstans i Svea Rike.
Kontakter han mot en lämplig summa kontanter gärna för-
medlade. Oftast rörde det sig om tjuv- och häleriverksamhet
men ibland även knarkaffärer.

De långvariga kontakter som lönade sig mest var de som
Martin kunde ha ett ekonomiskt "avtal" med. Det kunde
starta med ett överlämnande av någon information som skulle
underlätta "uppstart" av en langare eller grupp av langare.
Sedan fick de "abonnera" på fortsatt information om polis-
razzior eller speciella spaningar. Martin satt så till i organi-
sationen att han hörde mycket om vad som var på gång via
naturliga kontakter. Inte allt men mycket. Han hade även in-
terna kontakter i polishuset som värdefull källa för informat-
ion.

För de som var motsträviga betalare fanns alltid det yttersta
hotet att han kunde avslöja dem genom att lämna "rykten" till
rätt instans så fick de genomföra nödvändiga åtgärder.

Martin hade bara behövt förverkliga ett sådant hot en enda
gång under alla år. En bieffekt var att negativa rykten sprids
fort i den undre världen och han hade skaffat sig respekt hos
buset på det sättet.

Harry var en av de här "abonnenterna" som var viktig för
Martin. Han inbringade en hel del inkomster utan något större
besvär. Detsamma gällde för fler langare tex Kent Schröder.
Men tyvärr blev han tvungen att flytta till Sundsvall för några

år sedan och där hade Martin bara sporadisk kontakt med polistjänstemännen. Han tyckte att han inte kunde erbjuda så mycket hjälp att han släppte kontakten med Kent. Men Kent tyckte att Harry var en pålitlig leverantör så den kanalen hölls öppen den vägen istället.

Vad som behöver göras nu är att sätta ihop ett gäng man kunde lita på. Harry måste förlita sig på gamla kontakter, men behövde komplettera och kanske hitta några som passade in på den här uppgiften ännu bättre än det gamla gänget. Så det blev att ringa sin kontakt Martin Ramsby och föreslå en träff. De avtalade en tid på en lunchrestaurang i Norrtälje. Harry brukade alltid träffa honom i någon av småstäderna runt Stockholm. Det var väl bäst så för i Stockholmsområdet var Martin för känd!

Harry for till Östra Station och tog buss 676 till busstorget i Norrtälje. Därefter en kort promenad över ån. Gångvägen gick över en bro förbi det gamla elverket som blivit berövat på all utrustning som omvandlat åns vatten till elkraft. Numera är det ett café med vackra omgivningar.

Harry stannade till på bron. Åns vatten strömmade och virvlade runt stenarna som låg i fåran bredvid caféet. Ljudet från vattnet var väldigt rogivande och vattenytan uppströms var täckt av näckrosblad. Inte så mycket nu på vårkanten för isen hade röjt upp en del.

Det tog inte lång tid att gå till mötesplatsen. Martin stod och väntade utanför restaurangen som var inrymd i ett av de gamla husen i centrum.

Några skyltar vid ingången basunerade ut vad som erbjöds. På somrarna kunde man sitta ute men idag var det lite för skuggigt och kallt så de satte sig inomhus. De hade beställt var sin focaccia och lättöl.

De pratade ett tag om vänder och vind och allmänna saker. Inget speciellt nytt annat än polisens omorganisation som ställt till det. Men Martin trodde det skulle ordna upp sig snart. Värre verkar det vara för den uniformerade delen av poliskåren där röran verkar vara mer påtaglig.

"Har du hört talas om att några amerikanare skall besöka Stockholm och ställa ut några dyrgripar senare i vår?" frågade Harry som inte i det här läget ville avslöja allt han visste.

"Inte exakt, men jag har förstått att något var på gång" svarade Martin. "Men jag kan försöka luska lite mer. Men det är inte på min avdelning som ärendet ligger, så du får räkna med att taxan blir fyrdubblad!"

Harry reagerade på det häftiga ersättningsanspråket, men svarade "OK, men då får du se till att jag får ordentligt med information om vad som är på gång!"

"Deal" sa båda i mun på varandra med ett flin över läpparna.

"Men vad jag också skulle behöva hjälp med är namn på någon hjälpsam person med praktiskt handlag om jag så säger" sa Harry med en lite osäker ton. Han ville inte avslöja vad som stod på. Visserligen har Martin alltid varit att lita på, men man vet aldrig. Och ju mindre Martin visste, desto bättre var det.

En svart katt smög sig in via ingången och strök sig mot Harrys ena ben under ett väldigt kurrande. Den var helt svart och verkade inte speciellt gammal. Nyfiken var den. Personalen fick syn på den och intrånget ogillades så katten lyftes upp och placerades ute på gatan under ett väldigt jamande som protest. Antagligen var katten hungrig och letade mat. Men tjejen som bar ut den var stenhård, inget käk här inne i alla fall.

"Jo" sa Martin, som tack vare katten, fått lite betänketid. "Jag har ett namn men det vet du följer den vanliga taxan. 500 spänn cash."

Harry håvade upp fem hundralappar som han diskret gav Martin med frågan "och han heter?"

"Han heter Mihai" sa Martin samtidigt som han hade slagit upp numret i sin mobiltelefon. Harry skrev av numret på baksidan av kvittot han fått när han köpte sin mat.

"Ge mig ett par dagar bara, så jag får berätta att du ringer." sa Harry.

"Okey"

"Men vet du om någon är inblandad i detta från er sida?" frågade Harry. Den faktiskt lite snikne Martin sa "det är 1000 spänn extra" Harry spände ögonen i Martin och menade att det får ingå i överenskommelsen, så Martin flinade och sa "men du får 100 % rabatt denna gång!"

"Per Åström heter han, om jag hört rätt" sa sedan Martin.

"Tack" sa Harry lite irriterat.

KAPITEL 10

En kvällstidning skrev på nätet: "Världens dyraste mynt till Sverige". Texten fortsatte. "Det är den så kallade "Flowing Hair silver dollar", från 1794, som visas på Kungliga Myntkabinettet i Stockholm nästa månad. Det är sannolikt att det är det allra första dollarmyntet som präglats. De andra mynten och sedlarna på Myntkabinettet får förnämt sällskap. Värdet på myntet är 10 miljoner dollar. Det var nämligen vad myntet såldes för 2013.

Det är fascinerande av flera anledningar. Dels det ekonomiska värdet som gör det till världens dyraste mynt, men också att det är historiskt intressant. De silverdollars som präglades 1794 är USA:s allra första dollars. Början på den världsvaluta vi ser i dag.

Detta mynt är inte bara bland dessa 1758 stycken första mynt som präglades år 1794, utan experter tror att det kan vara det allra första. Det är för att det är så väldigt fint. Man ser många detaljer som man inte ser på andra mynt från den tiden. Det är den teorin man utgår ifrån.

Utställningen är en del av en europeisk turné som går via bl.a. Helsingfors, Stockholm och Oslo. Det blir en enorm säkerhetsapparat, med pansarbilar bland annat.

Förutom dollarn visas även ett tidigt exemplar av den amerikanska självständighetsförklaringen från 1776."

Harry hade läst om den här utställningen på nätet. Detta intresserade honom mycket så han försökte hitta all möjlig information i tidningar och på olika hemsidor.

"Det är som att driva ett projekt, att planera en kupp", tänkte Harry. *"Målet skulle nås, men hur och med vilka resurser? Målet för erövringen vägde inte mycket men var väl bevakat både av vakter och fysiskt med pansarbil och larm, kanske bevakningskameror med mera."*

"Vilken tidpunkt är bäst? På färjan från Helsingfors? På transportvägen från hamnen till Gamla Stan eller från Gamla Stan till Oslo? Eller på museet? Eller vid in- eller utlastning från bilen till museet?"

"Färjan kan man utesluta för vart skulle man ta vägen sedan man fått tag på objektet? Simma i land eller hålla en hel båt som gisslan? Uteslutet!"

"Under transporten? Dörrarna på transportbilen måste öppnas! Det var säkert följebilar med vakter på plats! Kändes inte heller som någon framkomlig väg!" fortsatte Harry i sitt planerande.

"Det som skulle krävas minst resurser borde vara vid porten till museet då transportbilens dörrar stod öppna och allt följefolk höll sig någorlunda still och var därmed kontrollerbara."

Harry trodde det skulle behövas fyra man till genomförandet. Två till transporten av kistan och två till överfallet vid inlastningen. De två som skulle bära kistan skulle även sköta en fjärrutöst bomb.

John hade skickat en bild som någon hade tagit av kistan i Berlin, för ett tag sedan, och det var bara en person som bar den kistan. Såg lite tungt ut, kanske 10 kg. men inte var den så värst stor, ungefär 30 cm åt alla håll. Om en man bar den kunde den andra öppna bakluckan på flyktbilen som de skulle skaffa. Det var Harrys plan.

Alltid när man skall vara utomhus är det skitväder på gång. Mörkt, molnigt och kallt. Harry hade planerat att göra en rekognosering på plats. Vad behöver göras, i viken ordning, när, var och hur.

Han använde sin vanliga våning i Vällingby som han hyrde sedan ett par år, för sina vistelser här i Stockholm, när han hade sina leveranser av narkotika. Han tog aldrig själv i knarket utan hade "samarbetspartners" De flesta hade han lärt känna som barn när han bodde ett år hos sin mormor i Vällingby. Hans föräldrar hade tagit med honom hit men ångrat sig och åkte tillbaka. Han fick då bo i ett "utanförskapsområde" i ett år så föräldrarna skulle hinna fixa bostad innan han också skulle åkte tillbaka.

Under den tiden hade han fått vänner och bekanta i olika gäng. Några av dem hade fastnat i kriminalitet och de kontakterna hade han sedan utvecklat till "affärsmässiga." Ett par av dem hade fått ta en vända på kåken, men det är sånt man måste räkna med. Businessen är inom högriskområdet. Visst man gjorde pengar på den här marknaden, men inte så mycket som man skulle kunna tro. Som på alla marknader finns en konkurrens. Inte priskonkurrens, men marknaden var uppdelad i områden och Harry hade ett område som var i minsta laget. Han ville utvidga men det skulle i så fall ske på någon annans bekostnad. Det var då frågan om att ta över någons område.

Under tiden han väntade på rätt tillfälle fick han ägna sig åt annan verksamhet som tex. Johns uppdrag. En gammal hederlig stöld eller rån om man så vill kalla det, stod också på menyn.

Harry gick till Tunnelbanan i regnrusket. Många sprang för att bli mindre våta. Men han hade sett en undersökning på TV där man gjorde en sofistikerad mätning för att utreda vem som blev blötast, den som sprang eller den som promenerade. Resultatet i undersökningen blev att den som gick var torrast, så det var ingen brådska.

Bara hoppas att det blivit uppehåll i Gamla Stan som var starten på den planerade kuppen. Som tur var, var det uppehåll när han kom fram till Gamla Stans T-banestation även om de mörka molnen förvarnade om mera blöta.

Harry gick tvärs över ön med de gamla fina husen och de trånga gatorna och gränderna. Han tog sikte på Slottet för att mittemot det låg huset dit han skulle.

Harry gjorde en tur till museet för ett "turistbesök" Dagen innan kuppen skulle ske. Han gick in genom ingången och försökte verka så oberörd ut som möjligt. Till höger om receptionsdisken var själva portalen till utställningslokalerna. Harry gick rakt in och där stod myntet i all sin glans, bakom ett tjockt glas. Myntet var placerat i en snygg inramning, som såg ut som en gammal skattkista, snyggt dekorerad. Vid montern stod det 2 vakter i snygga kostymer.

Harry tittade imponerat på myntet som låg där och förundrades hur väl bevarat det var. Men han måste gå vidare för att inte väcka uppmärksamhet. Det var dessutom mycket ungdomar där. Det var sportlov och det var inte alla som ägnade tiden åt vintersporter.

Han gick vidare upp till andra våningen och fick se en stor plåt på en träställning. Skylten på ställningen uppmanade till att lyfta detta så kallade mynt. Harry provade på och gissade att det måste väga 15–20 kg.

"Tur," tänkte Harry, *"att John inte skrivit detta på sin önskelista."*

Porten in till Kungl. Myntkabinettet var placerad 10 meter från den lilla gatan och gången emellan, hade trappor så det var inte möjligt att köra en bil ända fram, om något skulle transporteras. Pansarbilen måste således backas in och personal fick bära den lilla kistan med det värdefulla myntet 10–15 meter till ingången.

Skulle det finnas en möjlighet här så innebar det en svårighet då det säkert skulle vara en hel del vakter runt de personer som transporterade mynten från bilen till porten.

Adressen till museet var Slottsbacken 6. En kort gata som vinklade sig in från Slottsbackens stora öppna yta och var dessutom en återvändsgränd som avslutats med en trappa.

Om man backar in en bil här skulle inte pansarbilen kunna ta sig därifrån. Eventuella följebilar skulle de nog parkera på torget, då det var för trångt att köra in dem tillsammans med pansarbilen.

En flyktbil kan placeras vid trappan vid dess mynning till torget. De civila vakterna får inte vara beväpnade enligt lag, så med egna vapen skulle det bli en lätt match. Placerades en annan bil på parkeringen på slottsbacken med en fjärrutlöst bomb, skulle den kunna skapa oreda nog, när bomben briserade, för att grabbarna skulle kunna fly via trappan till flyktbilen och ta sig med den till en lämplig T-banestation.

Slussen blir perfekt! Ingen kommer veta om vi tar oss norr- eller söderut, inte heller vilken linje. Delar vi på oss blir det ännu svårare.

Ytterligare en flyktbil kan placeras i Liljeholmsgaraget så smälter den in i mängden och spåret kommer att försvinna. Självklart skall plåtarna manipuleras på bilar som vi stjäl kort innan kuppen.

Kastar man in ett par knallskott intill vaktbilen blir fokus i stor del på den och de skärrade vakterna kommer ge vika när vi visar våra automatvapen.

Men hur skall de få ut myntet ur kistan? John skulle ge honom anvisningar och kanske rentav ytterligare bilder senare. Men John menar att de måste hitta en bra plats för att utföra jobbet utan att det väcker allt för mycket uppmärksamhet.

Därför är Slussen en perfekt plats. Där pågår mycket jobb med bygget och om någon håller på med skärbrännare eller vinkelslip skulle det inte höja några ögonbryn. Man skulle dessutom kunna utföra en mindre sprängning utan att det skulle märkas speciellt mycket. Och Slussens tunnelbanestation ligger bara 150 meter från byggarbetsplatsen.

Det är alltid mycket folk vid Slussen så det är lätt att försvinna i folkmängden, gäller bara att låta bli att springa. Sen har man övervakningskamerorna att ta hänsyn till så ett ombyte måste med i flyktbilen och ett i en väska som tas med på tunnelbanan. Gäller att hitta en lämplig plats utanför kamerornas synfält. Men i Liljeholmen finns några bra ställen.

I Liljeholmen får man sedan gå till Parkeringshuset och där skall nästa bil stå och vänta. Även den bilen måste ha manipulerade skyltar. Parkeringsbiljett måste införskaffas och kontanter för att betala med. Kreditkort är lätt att spåra så det är uteslutet. Genom att handla mat till en matsäck på den närliggande matbutiken så får man en parkeringsbiljett som räcker i två timmar.

Visst kan man forcera bommen i utgången på parkeringshuset, men det gäller att inte få ögon på sig.

Målet för bilfärden med tjuvgodset var Finspångs Sportflygfält. Där skulle ett litet enmotorigt plan, som John skulle fixa, invänta oss. Fördelen med ett så litet fält var att det inte fanns inpasseringsvakter eller passkontroller. Nu åker ingen iväg utan att kunna uppvisa giltiga färdhandlingar, det hade Harry förstått. Piloten måste förbereda sig väl och lämna in en färdplan med Visby som mål. Men det var en plan som skulle ändras på eget bevåg utan "föregående meddelande." Pilotens plan var att de skulle gå till Klaipeda i Litauen.

KAPITEL 11

"Till det här jobbet måste jag ha några som hjälper till," tänkte Harry, *"några som är skickliga på inbrott i bilar för-stås, men inte heller skulle dra sig för att vara hotfulla och i nödfall kunna döda. Men även en person som han utan vidare skulle kunna lämna i kölvattnet om det krisar sig. Någon som han skulle kunna lita på men som han inte var för mycket kompis och bundis med. Kent är som klippt och skuren för detta och med en ekonomisk övertalning tog han nog på sig jobbet. En fördel är att han inte är från Stockholm och ome-delbart känd för varken polis eller den undre världen. Rykten sprids fort och eftersom staten är inblandad, har säkert poli-sen satt på sig de stora öronen."*

Det är ett under att Harry lyckats hålla sig undan lagens långa arm. Narkotikalangning är ett allvarligt brott och ett område som polisen har relativt lätt att spana på. De som fastnar i nätet, är inte de fulaste fiskarna. De håller sig undan medan småfisken fastnar i garnen. Detta vet alla och även Harry.

Lyckade affärer i den här branschen måste alltså basera sig på ett nätverk som lätt kan repareras om en maska går sönder. Harrys nätverk var inte jättestort men de personer han hade som medlemmar, arbetade effektivt och var för det mesta lätta att samarbeta med. Men visst hade han ibland fått ta i med hårdhandskarna.

Harrys kontakter sträckte sig från Mellansverige upp till Sundsvall.

Kent Schröder huserade i Sundsvall och jobbade som gatulangare där och i närliggande orter. Kent hade blivit en rätt lönsam för Harry.

Harry visste namnen på de lokala förmågorna och var de höll till. Det hade han tvingat Kent att berätta. Förevändningen var att om det hände Kent något, skulle kontakterna kvarstå. En trygghet för alla parter.

En av de här personerna var Åke Larsson som jobbade i mycket liten skala och hade haft kontakt med en annan importör i Stockholm. Denne kunde inte hålla sams med andra gäng där och en dag tog ett av gängen saken i egna händer och såg till att importören "försvann." Därmed blev Åke "föräldralös" och detta hade Harry luskat ut så han åkte till Torpshammar och "övertalade" Åke att knyta sig till honom via Kent i Sundsvall.

Tyvärr var Åke lite svårflirtad så det fick bli en övertalning med pistolen på bordet och hot om tips till polisen. Åke protesterade vilt och kallade Harry för jävla 08 och lite andra fula ord. Åke utdelade till och med ett knytnävsslag som missade och Harry fick bruk för pistolen som avlossades i taket på Åkes hus. Kulan for rätt igenom plankorna och oturligt nog träffade brännvinsapparaten på övervåningen. Om det var hålet i taket eller apparaten som chockade Åke mest, vet vi inte, men han blev vit i ansiktet och lugnade sig senare.

Besökare undrade varför där var ett hål i taket och Åke svarade att det var ett kvisthål.

Åke gick med på uppgörelsen.

I Harrys planering fanns att han skulle skriva ett hotbrev till
den envisa polisen och hota med att om han inte avstår upp-
draget när det gäller det amerikanska besöket skulle något
otrevligt inträffa. Han trodde väl inte att ett sådant brev skulle
få polisen att avstå, men planen var att han skulle bli distra-
herad och bitvis tappa fokus på uppdraget. På väg hem från
Torpshammar postade han brevet i en låda på en liten ort.
Borde nog vara framme redan i övermorgon.

KAPITEL 12

Den här morgonen startade med en försovning. Jag skulle på ett möte med de andra chefsutredarna kl. **8**. Och nu hade hon redan hunnit bli 07.27. Inte chans att hinna om jag åkte kommunalt så jag ringde efter en taxi med kaffekoppen i ena handen och telefonen i den andra.

Lisa hade redan åkt till skolan men lämnat varmt kaffe till mig. Det fick bli en snabb kopp, sedan störta ner för trapporna och ut på gatan. Taxin stod redan vid porten.

"Till polishuset på Kungsholmen" blev min rappa order till chauffören.

Jag satt i mina egna tankar i taxibilen. "Undrar vad som kommer att avhandlas idag? Jag hade fått stränga order av min chef att inte säga ett knyst till någon om det han berättat för mig. Man misstänkte att någon läcker information!

Jag var framme 10 i 8...bara hissen upp till plan 5 sedan var jag framme!

Dörren till samlingsrummet var fortfarande öppen vilket betydde att jag hann i tid.

Jag satte mig tillrätta och hann byta några ord om väder och vind med en kollega innan min chef Lars Lager kom in genom dörren, stängde den bakom sig och satte sig vid kortändan av det stora bordet.

"Jaha" inledde Lars som inte brukar vara så formell av sig. "Hur går det för dig?" frågade han Samuel som hade ansvar för våldsgruppen.

Samuel berättade som vanligt om alla skjutningar och sprängningar av större vikt inom regionen.

Det våldsammaste den här veckan hade varit en beskjutning av en bil i Solna. En person dog. En ung man på 25 år som var aktiv inom narkotikalangning på "Plattan".

Det verkade som om det handlade om en uppgörelse mellan två gäng. Det ena var ett gäng med en ledare från den forna "Juggemaffian". Den andra ligan gissade de att den tillhörde den namnkunnige Harry Feng. Harry hade varit en plåga sedan lång tid men mest ägnat sig åt inte alltför grova brott. Narkotikasmuggling antogs vara en av hans brödfödor.

Nästa på tur för redogörelse var Henric som ansvarade för narkotikagruppen och som kommenterade "Jaså, Harry är i farten igen. Jag undrar vad som är på gång nu för jag hörde ett rykte om att han höll på att samla ihop ett gäng för någonting speciellt. Jag vet inte vad, men han verkar välja ut vissa personer för något."

Johan ansvarade för den grupp som hade hand om sex och trafficking. Det som han informerade om, var det gamla vanliga den här gången.

Jag hamnade alltid sist då jag var involverad i olika speci-
ella uppdrag. Jag fick mest lyssna på andra och försöka dra
nytta av de tips andra hade att komma med.

"Vet ni något mer om Harry och hans handplockade gäng?"
frågade jag hela gruppen. Jag avslöjade inget om vad jag
sysslade med.

"Något mer måste ni väl hört" sa jag "bankrån, smuggling,
vilka typer samlar han?"

Alla satt tysta. De verkade inte ha en aning.

"Om någon vet något så kom direkt till mig, vänta inte på
nästa möte" uppmanade jag.

Medan Lars sa några avslutande ord satt jag och tänkte
*"Vad kan den här Harry ha i görningen? Måste nog ta reda
på mer. Min "golare" kanske vet något. Han rör sig i de här
kretsarna."*

KAPITEL 13

Mihai kom från Rumänien. Han hade flytt de otroligt fattiga förhållanden samt det politiska förtryck som rådde där.

Till skillnad mot sin fru, hade Mihai haft det svårt med svenska språket och därmed även svårt att få arbete. Hans dröm om det förlovade landet med den rikedom som följde, uppfylldes aldrig. Därför kom han i underläge i förhållande till frun som både hittat jobb och vänner. En del skumraskaffärer blev följden, men hans underläge som han inte kunde bryta, gjorde honom frustrerad och detta ledde till en irritation på hustrun som resulterade i hög röst i början för att sluta med våldsam misshandel.

Misshandeln var så grov att han satt med en kniv på sin hustrus strupe i 2 timmar. Det hade till och med hänt att han tog fram en pistol en gång och hotade henne.

Avundsjuka och missunnsamhet får inte försvara att man misshandlar någon. Efter en tid tröttnade hustrun och polisanmälde saken, men tog sedan tillbaka anmälan. Detta skedde upprepade gånger med löfte om bättring varje gång, ett inte alldeles ovanligt förfarande i sådana här fall.

På grund av att det var så många anmälningar, beslöt polisen att göra en lite grundligare undersökning och Martin fick hand om fallet.

Men Martin hade sett till att få in Mihai i sitt kontaktnät genom att se till att utredningen inte blev fullständig och att Mihai därmed slapp undan. Motprestationen var att ställa upp på olika ljusskygga individers uppdrag. Martin såg till att få en viss förmedlingsavgift för varje uppdrag. Ett "bemanningsföretag" i den undre världen alltså.

Harry hade väntat ett par dagar och hoppades på att få tag på Mihai. Han letade fram kvittot med det uppskrivna telefonnumret och slog en signal till Mihai. Han hörde signalen gå fram och någon bevarade med ett "Hallå."

"Hej!" inledde Harry lite försiktigt.

"Hej" svarade Mihai, lika försiktigt.

"Jag heter Harry, jag antar att någon ringt dig och meddelat att jag skulle ringa?"

"Mmmm" svarade Mihai, fortfarande lika osäker och försiktig.

"Vår gemensamme vän föreslog att jag skulle ringa dig för du verkar vara duktig på vissa saker och jag har ett uppdrag" sa Harry.

"Mmmm" svarade Mihai igen, "Jag förstod det, vad rör det sig om?"

"Vill jag inte ta i telefonen" sa Harry och fyllde i med "Vi måste träffas"

Av någon anledning verkade Mihai fundersam och visade en brist på förtroende för den röst han hörde i telefonen.

"Varför då?" undrade Mihai. "Tänker du sy in mig för nå-
got?"

"Nej då, jag är ingen polis" svarade Harry. "Det handlar om
en helt annan sak, du behöver inte vara orolig" efter en kort
paus fortsatte han "jag har något som kan vara till fördel för
både dig och mig."

"Nja, vet inte det, har inte så mycket tid att spendera på för-
delar" tyckte Mihai, vad han nu menade med det. Trots 27 år
i Sverige kämpade han fortfarande med det svenska språket.

Harry funderade lite och kommenterade efter att ha överlagt,
med sig själv, om inte ekonomi skulle kunna bli ett genom-
brott i de här förhandlingarna. "Fördelen skulle vara av eko-
nomisk natur, mer får du veta när vi träffas." Han hade inte
sagt "om vi träffas" utan "när" för att inte låta tveksam utan
mer positiv till ett möte!

"Du" sa Mihai, "det där vill jag fundera på!"

"Tänk inte för länge och tänk på att det handlar om belopp
med många nollor och jag vill påminna dig om att du är skyl-
dig vår gemensamma kontakt en tjänst. Ring för helvete inte
något annat nummer än den här mobilen!" avslutade Harry.
Vilket mobilnummer som Harry menade, förstod Mihai
ögonblickligen. Harry tyckte att Mihai var för motvalls och
hade surnat till.

KAPITEL 14

"Nu har jag en svår uppgift att knäcka, tänkte Martin." Martin var en kollega till mig. Han satt längre bort i korridoren även om det var på en annan avdelning inom polisen.

Han hade inte hört något alls om något besök från USA som någon på polisen skulle vara berörd av. Det enda ovanliga han hade hört var att Pers chef hade varit och träffat någon på utrikesdepartementet. Sånt händer verkligen inte ofta. Vad det gällde visste inte källan som viskade det i hans öra.

På något sätt måste han få veta mer.

Martin gjorde sig några ärenden förbi Pers rum och bort till kopierings- och printerrummet för att se om han kunde hitta något kvarglömt papper. En kväll jobbade han över för att få möjligheten att rota i papperskorgarna. Han måste få tag i någonting som ledde vidare.

Städarna tömde papperskorgarna varannan dag. Ett resultat av det "papperslösa samhället." I början av datoriseringen ökade pappersåtgången markant. Men nu hade mailsystem och andra system utmärkta katalogiserings- och arkiveringsfunktioner, vilket medförde att pappersåtgången minskade. Men ibland skrev folk ut privata saker och sådant man ville hålla för sig själv.

Den här kvällen kom städarna tidigare än vanligt och det var inte så bra. Martin blev irriterad över detta. Varför! Han tänkte vittja papperskorgarna innan de dök upp. Han svor långa ramsor tyst för sig själv.

Äntligen gick de. Det var ett väldigt surrande och skrattande nere i korridoren. Skulle de på fest? Nu var det ingen ide att kolla papperskorgarna så Martin tog på sig jackan, fortfarande på dåligt humör. När han gick ut i korridoren fick han syn på städvagnen. Har han sådan tur att de glömt den! Faktiskt!

Martin vräkte ut innehållet på golvet för att försöka hitta något användbart. Papper för papper fick en snabb blick. Här fanns ett med en handanteckning som kändes intressant.

"Söker du något?" frågade en mörk stämma som hörde ihop med ett par skor som han såg i ögonvrån.

Martin reste sig upp från golvet och såg då städaren som stod och blängde frågande på honom.

"Ja", svarade Martin och tänkte en stund innan han fortsatte "jag lyckades kasta något jag inte borde."

Om du hittat det nu så får du stoppa tillbaka allt så jag får ta vagnen till soprummet" sa städaren bryskt!

Martin samlade ihop allt och stoppade ner det i sopsäcken. "Tack" sa städaren lite ironiskt. Martin försvann lite skamsen in på sitt rum.

Ett par kluddiga anteckningar fanns på papperet och han kände Per så väl att han kunde se att det var Pers handstil.

Den ena anteckningen var "Lisa Arlanda Torpshammar 23/1 kl. 07.05." Den andra var "Lars 21/1 kl. 12.00? Skeppsholmen Port t.v. bron."

"Tyvärr" sa Martin, "mer än så har jag inte fått fram, det verkar som detta är en hemlig operation", till Harry i telefonen.

"Tack, men det är i alla fall något att nysta i. Om du skulle höra något mer, ringer du mig, hoppas jag!" kommenterade Harry.

Harry förstod att han måste ta hjälp av en expert på området avlyssning. Per och hans chef Lars verkade ha stämt möte på Skeppsholmen. Han var inte säker på detta, men den anteckning Martin hittade i papperskorgen tydde på detta.

Experten som Harry tänkte på var en bekant till honom. För en lämplig summa kontanter skulle han säkert ställa upp. Men det var kort varsel. Dagen för mötet mellan Lars och Per var redan i morgon.

Ett telefonsamtal löste problemet snabbt och enkelt. Tänk vad pengar kan lösa vissa knutar. Experten lovade att vars där på utsatt tid och samma kväll skulle han rapportera vad han hört. Experten hade tillgång till mycket avancerad utrustning för utomhusavlyssning med parabolmikrofoner men även med mikrofoner som trådlöst kunde överföra signaler på 50 m avstånd. De kunde diskret placeras i växtlighet eller tex. mellan plankor i en brygga.

Problemet var att experten måste se till att vara ute i god tid för att rigga de gömda trådlösa mikrofonerna, men inte för tidigt, då de laddningsbara batterierna bara räckte fem timmar.

Experten var på plats, men det hade varit segt efter en blöt kväll på en av Stockholms pubar. Den här envisa blåsten som hade börjat under natten ställde till det lite.

För att inte väcka uppmärksamhet tog han på sig arbetskläder och tog med en verktygslåda liknande den som snickare brukar ha. Med hjul och handtag. Där fanns spik och skruv och diverse verktyg. I botten på lådan förvarade han mikrofoner och mottagare med USB-minne för att spara inspelningen.

Nu kunde han krypa runt på bryggan utan att väcka speciellt mycket uppmärksamhet, och montera mickarna. Bryggan var den enda naturliga gångvägen här.

För säkerhets skull skulle han även använda en bärbar parabolmikrofon och gömma sig uppe bland buskarna och spela in via den. Utrustningen var så avancerad att det gick att spela in ljuden från bryggan och från parabolen synkront vilket gjorde att inte mycket ljud gick förlorat.

Han hade fått ställa in filtren på mottagaren så att oljudet från vinden undertrycktes. Blåsten var besvärande, inte bara för vindljudet utan även för allt vinande från båtriggarna. Men det skulle nog gå att filtrera bort i PCn hemma, det var han inte orolig för.

Han hade även förberett sig med en dyna för att kunna sitta bekvämt på en av stenhällarna, gömd bakom ett par buskar.

Tiden för deras möte närmade sig. En Coca-Cola fick släcka törsten under tiden han väntade. Självklart hade han valt plastflaska så han inte skulle röja honom om han skulle tappa den eller vara oförsiktig när han ställde ner den.

Två personer dök upp vid början av bryggan. De gick i sakta mak över plankorna. Han lyssnade och spelade in. De pratade om barn, ja inte sina egna utan om vilka de skulle få!

"Shit också, fel personer," tänkte experten. Han smuttade på flaskan och raderade inspelningen. *"Fasen jag drack så mycket igår och ändå är jag törstig"* tänkte han och flinade åt sitt skämt!

Nu borde de komma om Harry hade fått rätt anteckningar, klockan var nu fem över utsatt tid. Nu kom det några andra ut på bryggan, Per och hans chef Lars. Experten kände igen dem från några foton han fått av Harry. På fotografierna hade någon skrivit "Lars" resp. "Per", De gick sakta framåt. Någon av dem hade hårda sulor som smällde mot bryggplankorna.

Naturligtvis kom en hund från en båt och ägaren slamrade med tågvirket. Hunden morrade när den slet och drog i tampen. Klorna lät när den gled över träytan och precis där var en mikrofon monterad. Men parabolmikrofonen jämnade ut de två personernas prat.

En vindil lyckades välta en soptunna och spred sitt innehåll över bryggan. Det skräpade ner fysiskt och störde avlyssningen.

Per och Lars hade nu gått bort så långt att de inte hördes mer, men det väsentligaste hade nog experten fått på inspelningen.

Experten monterade ner all sin dyrbara utrustning och åkte hem. Där packade han upp sitt minneskort och lyssnade igenom den. Det hade blivit en bra inspelning med en hyfsad kvalitet trots allt blåsande. Vind kan störa mikrofoner även om det fanns filter och dämpare för vind och bakgrundsbrus. Programmet han hade i PCn, kunde även användas för att höja kvaliteten ytterligare. Experten skruvade på reglagen tills han var nöjd.

Han öppnade ordbehandlingsprogrammet för att göra en skriftlig summering av vad som sagts. Experten skrev det som en dialog.

Lars: "Jo, jag ville träffa dig för att diskutera ett uppdrag. Ett uppdrag som inte egentligen är ett polisuppdrag i vanlig mening, mer likt ett bevakningsuppdrag. Du skötte senaste uppdraget, det med Dianas utställning väldigt bra och de här uppdragen liknar varandra. Så jag hade tänkt att du skulle få ta hand även av detta. Det var ett vinnande koncept, du vet hur du skall göra, vilka kontakter du skall ta."

Per: "Men vad är det som skall övervakas?"

Lars: "Ska du berätta för hela Stockholm vad vi håller på med!"

Per: "Nå...vad skall övervakas?"

Lars: "Det vill jag inte berätta än, inte när det skall ske heller. Vi tar det senare. Men du skall se det svenska utrikesdepartementet som vår "kund" och du skall hålla kontakt med den amerikanska ambassaden."

Per. "Det var inte mycket att gå på detta. Kunde vi inte tagit detta på kontoret?"

Lars: "Vad ska du hitta på till helgen då?"

Per: "Blir gräsänkling. Lisa far till Torpshammar och träffar sin morbror Åke och de skall ta hand om ett arv som Lisa fått, sortera grejor, sälja och så vidare"

Experten fick inget sammanhang i det här samtalet men leve-
rerade utskriften till Harry som säkert begrep vad det hand-
lade om.

KAPITEL 15

Den här morgonen var det dags för Lisa att åka till sin Morbror Åke i Torpshammar. Färden dit skulle ske med flyg till Sundsvall och hyrd bil därifrån.

Ett arv hade skiftats för en dryg månad sedan, efter att begravningen skedde av hennes mammas syster. Lisas mamma hade gått ur tiden för några år sedan och mostern hade inga barn, Arvet kom att delas mellan Lisa och Åke.

Huset skulle säljas men måste först tömmas på allt möblemang och personliga tillhörigheter. Som vanligt är det mycket saker i en äldre människas hus och detta hus var definitivt inget undantag.

Smycken och andra värdesaker var det inte något problem med. Dels var det inte mycket och dels var det inte skrymmande, så det var inga problem att ta det på flyget hem.

Men det fanns andra saker som var för stora och tunga att frakta den vägen. En del var säkert värdefulla på en auktion, en del hade bara affektionsvärde.

Morbrodern, som hette Åke, var ingift och vanligtvis en mycket kärv och otrevlig person som Lisa drog sig för att ha någon närmare relation till. Hon hade alltid tyckt att han verkade illvillig och skum i största allmänhet utan att kunna sätta fingret på vad det kunde vara.

Men den gången hade han villigt, och med bra humör, erbjudit sig att låta henne ha sakerna i den gamla ladan som låg intill mosters hus.

"Bara ställ dit dom” hade han sagt, "ingen hittar hit och tar dom!"

Lisa hade beställt en flyttbil som skulle ta godset till Stockholm. Vissa saker skulle hon köra i hyrbilen till en auktionsfirma i Sundsvall för försäljning. Saker som var väl så fina men som inte skulle få plats i lägenheten i Stockholm.

"Det är dags nu!" sa jag högt. ”Jag sticker ner i garaget och hämtar bilen så syns vi utanför porten!"

Jag tog hissen de tre våningar som behövdes för att komma till garageplanet. Hissen hade några år på nacken och började bli sliten. Det skrapade när dörrarna öppnades och stängdes. Den vickade lite när den rörde sig uppåt eller nedåt. Men vanligtvis fungerade den perfekt, man kom dit man skulle.

Nere på garageplanet slogs man alltid av den starka lukten av olja och fukt. Man hade försökt städa med högtryckstvätt, men det hjälpte föga.

Jag klev in i bilen och körde mot de automatiska dörrarna som öppnades. Utanför stannade jag alltid för att bevaka att ingen smet in för att göra inbrott eller använda garaget som gratis härbärge. Det hade hänt vid några tillfällen.

Jag körde runt hörnet till porten och inväntade Lisa.

Det var alltid mycket folk som promenerade runt i de här kvarteren som låg granne med Katarina Kyrka. På trappen till huset mittemot satt en man i 30-årsåldern med bakåtvänd keps och solade. Lisa klev in i bilen och nu bar det iväg till Arlanda.

Lisa gick till incheckningsdisken, fick sitt boardingcard och lämnade väskan. Hon hade gott om tid så hon promenerade genom säkerhetskontrollen bort till gate 21 och det tog sin lilla tid. Alltid är det någon som strular i kontrollen. den här gången var det en tjej som inte packat upp flaskor med några luktagott-grejor och lagt dem separat i ett eget plasttråg.

Det var skyltat vid ingången men hon gick med näsan i mobiltelefonen så nu får hon visserligen skylla sig själv, men det sinkade oss andra när hon och hennes bagage måste tas åt sidan för en noggrannare kontroll.

Lisa beslöt sig för att gå och fika innan hon klev på planet och det fanns ett litet fik strax intill gaten. En latte fick det bli och hon borde inte, men hon kunde inte motstå den gröna färgen på punchrullarna, så det fick bli en sådan som tilltugg.

Resan skulle ta 50 minuter till Midlanda i Sundsvall och det var inga problem. Inga förseningar, allt i tid.

Midlanda är ingen stor flygplats så det är lätt att hitta hyrbilsbokningsdiskarna. Hon hade beställt en bil, en större SUV för att få plats med allt som skulle transporteras till auktionsfirman.

Med bilnycklarna i handen gällde det nu att hitta bilen på parkeringsplatsen.

"Hon njöt av det flödande solskenet. Det var ingen större skillnad mellan Stockholm och Sundsvall. Lika soligt, lika blå himmel, kanske lite krispigare luft, men det berodde nog på,"

tänkte hon, *"att Midlanda ligger precis vid deltat där Indal-sälven som för med sig iskallt vatten från inlandets snösmält-ning, möter havet."*

Hon vred om startnyckeln och motorn snurrade igång utan problem. Efter ett par knixar på vägen for hon iväg mot den lilla byn Torpshammar där hennes släkt bodde.

Klockan var nu ungefär elva och bilfärden skulle nu ta unge-fär 1,5 timmar till målet.

Nu började hon bli rätt hungrig och hon kom ihåg den lilla korvkiosken, nästan mitt i Torpshammar.

Hon svängde till vänster, av från E14. På skylten i korsningen stod det "Torpshammar" men även "Sveriges Mittpunkt" En sanning med modifikation. Det finns många platser som häv-dar att de är mitten på Svea Rike och alla har väl rätt på sitt sätt. Det beror på hur man räknar.

Men i Torpshammar hävdar man att mitten ligger strax intill Munkbysjön i kommunens östra del. Lisa minns geografilä-rarens lektion, när hon gick i skolan. Läraren sa att "Flata-klacken har genom tyngdpunktsbestämning av Sveriges landmassa utsetts till att utgöra platsen för Sveriges Geogra-fiska Mittpunkt av KTH i Stockholm, 1947. Detta togs fram genom att man konstruerade en styv karta av landet och sedan flyttade man en nål under kartan tills det vägde jämnt."

Platsen ligger på ett berg med utkikstorn. Från tornet har man en milsvid utsikt över det vackra landskapet i Ljungandalen. Här finns också restaurang, grillplats och en handikappanpas-sad slinga.

På toppen av berget, alldeles intill Sveriges mittpunkts markering, finns en restaurang med fullständiga rättigheter.

Lisa körde nerför en backe. Till vänster låg ett övergivet sågverk. Rännan fanns kvar där stockarna flottades ner från en plats uppe på ett berg bakom. Hur de kom dit, visste hon inte.

Längst ned i backen låg en korvkiosk målad i rött och vitt. Inredningen gick i samma färger och hade bilinspirerade soffor Såg amerikansk ut.

En hamburgare fick det bli, en vanlig 90-grammare utan konstigheter, bara tomater, ett salladsblad och några skivor saltgurka mellan sesambröden.

Mätt och belåten, var det dags att köra de sista 2 km till det gamla huset.

"Hej!" sa en röst bakom henne. "Ursäkta," fortsatte rösten, "men visst är det Lisa jag ser här!"

Lisa vände sig om, men hade svårt att se vem det var. Solen skapade en skarp kontrast och personen som hörde till rösten, var som en siluett i motljuset. Men det var en man, det kunde hon avgöra på tonläget, lite hes, men vänlig. Rösten kändes lite bekant! Något från gångna tider, men hon kunde inte placera den.

"Lisa Olsson, visst är det du?" Rösten lät nu väldigt bekant. "Ja" sa Lisa och tog ett försiktigt steg snett mot rösten för att se bättre. "Men nu känner jag igen dig" sa hon. "Det var länge sedan, flera år sedan. Vad gör du här?"

"Jag är uppe och hälsar på päronen bara" sa rösten som tillhörde Björn. Ja så hette han, Björn Söderqvist, det minns hon väldigt tydligt nu. En ungdomsvän, ja lite mer än så, en ungdomskärlek.

Det väcktes underbara minnen, minnen som fick henne bli lite varm i kroppen och en smula generad!

Lisa lämnade Björn och åkte vidare. Hon svängde in på gårdsplanen framför huset där hennes moster bott i alla år. Huset var ett arv från mosterns föräldrar och i stort behov av renovering. Men ingen hade brytt sig om det, eller rättare sagt det fanns inga ekonomiska resurser, helt enkelt. Mosterns pension skulle aldrig ha räckt till räntor och amorteringar på det lån som var nödvändigt. Att låna på huset hade varit tveksamt, bankerna ville ha en säkerhet och värdet på ett hus här i Torpshammar var tveksamt så det begränsade lånet och eftersom både moster och morbror var pensionärer blev de hänvisade till den blå lånemarknaden som hade höga räntor.

Huset skulle nu säljas till någon hugad spekulant som antingen var försedd med fet plånbok eller ett rejält hantverkskunnande!

Hon skulle sova här i tre dagar, hade hon tänkt.

Allt såg ut som det hade gjort, sist hon var här, och nu när hon var här skulle det bli jobb med sortering. Vilka grejor skulle hon behålla? Vilka skulle till Sundsvall för försäljning och vad skulle till sopstationen eller som man gjorde här på landet, helt enkelt förgås i en brasa på den leriga planen intill.

Det fanns några saker hon ville ha kvar. Skåpet i hallen, bordet i vardagsrummet och självklart den gamla trampsymaskinen med svart gjutjärnsstativ. De tillhörde de mest skrymmande sakerna. Men det fanns även småsaker hon minns från

barndomens besök på somrarna. Hon kom själv från Torps-
hammar, hennes föräldrar hade bott en bit längre bort, men
när hennes pappa gick bort, för några år sedan, flyttade hon
och hennes mamma ner till Stockholm.

KAPITEL 16

Experten, ja det var så han kallades av de bekanta i den undre världen. Inte så många visste vad han hette, men det saknade betydelse. De som han ville ha kontakt med hade hans mobilnummer, det räckte.

Harry hade telefonnumret till Experten och ringde nu för han behövde mer hjälp med avlyssning.

"Tack för utskriften. Det var bra när jag fick informationen från bryggpromenaden" inledde Harry. "Jag behöver nog mer hjälp inom kort" fortsatte han. "Problemet är bara att jag inte vet exakt när och var. Jag planerar det så att jag har en överrock på en av de två som du hjälpte mig med förra gången. Jag misstänker att de ska träffas igen och hoppas på din hjälp. Om min överrock upptäcker att de är på väg att träffas igen hoppas jag att du kan kasta dig hals över huvud till den plats han är på. Det blir bra betalt ska du veta. Vad sägs om det?"

Experten menade att det inte skulle vara något problem. Han hade mikrofoner även för att lyssna av folk som var i närheten. En slags små riktmikrofoner som brukade fungera väldigt bra även i surriga miljöer.

Harry hade tidigare sagt åt Mihai att skugga Per och han brukade sitta utanför bostaden på en trappa. Vid ett tillfälle hade han följt efter Pers sambo men det bar ingen frukt. Han hade fått valsa runt en massa bröllopsklädesbutiker på Hornsgatan när sambon var på shoppingtur.

Mihai tyckte det var surt, men så är det med skuggning ibland bär det frukt ibland inte.

Men Harry hade tyckt att den informationen var guld värd. Mihai begrep inte varför, men han var inte engagerad för att tänka. Han skulle vara den praktiska hjälpredan.

När det gällde Per var skuggningarna också vardagsgöra för det mesta. Till och från jobbet. Risken för upptäckt var överhängande. Han brukade sitta på trappan vid Pers bostad och var mån om att klä sig enkelt, precis som om han bodde i huset och bara dragit på sig något för att gå ut och få frisk luft och läsa tidningen.

Men en morgon kom Per inte ut förrän vid 12-tiden, vilket gjorde att han fick "träsmak" av allt sittande. Kändes väldigt lönlöst. Men nu kom han ut och det blev en promenad till Slussen och en buss till Djurgården. Hade Per tagit en fridag för att turista?

Harry hade organiserat att en annan person skulle kunna ta över skuggningen för att Per inte skulle kunna avslöja att personen på trappan skuggade honom.

En person skuggade Mihai, men det visste inte Mihai om. Mihai ringde Harry och informerade om att Per avvikit från sitt vanliga beteende. Idag var det något speciellt. Harry tog beslut om att ge den här informationen både till Experten och Jean, den som skuggade Mihai. Något speciellt var på gång.

Jean mötte upp vid busshållplatsen, klev på bussen och Mihai avvek. Per hade svårt att välja plats och vände sig tvärt så

Jean höll på att gå på honom. De fick ögonkontakt, det var inte bra!

Jean satte sig några stolsrader bakom Per. Han använde sin mobil för att hålla kontakt med Harry. De använde en APP som heter "WhatsApp" där Harry, Mihai, Experten och Jean bildat en grupp de kallade "Framtiden." Så Jean skickade meddelanden som buss 67 mot Djurgården och liknande och alla kunde se vad som pågick.

"Steg av bussen vid Wasa-varvet" skrev Jean och Experten kände instinktivt att något var på gång. Experten tog en taxi dit för att vara beredd att göra en insats.

Vid entrén ser han Jean stå och vänta, så även han ställde sig där. Nytt meddelande dök upp i telefonen. "Objekt träffar person."

Experten ser att Jean börjar röra på sig och går sakta på gång-vägen bakom Wasa-museet. Experten ser att framför honom går två personer i sällskap misstänkt lika de som han avlyss-nade förra gången.

"Är objektet de två som går 50 m framför?" skrev Experten. Han såg att Jean lyfte telefonen och sekunden efter vibrerade Expertens telefon och där stod ett svar "Aa" betydde Ja på tonårsspråk. Jean var ung men inte tonåring.

Per och Lars svängde in på bryggan där isbrytaren St Erik låg och gick upp för landgången. På akterdäck låg en pub kom-binerat med café och de gick i den riktningen.

Experten skrev i sin WhatsApp. "Jag tar över nu! Vänta i en halvtimme på land om de ändrar sig annars återgå!"

Experten lät Per och hans sällskap gå och sätta sig. Han beställde en kaffe och en chokladbiskvi vid disken som var placerad vid ingången och gick sedan och satte sig vid ett bord.

På jackan på vänstra ärmen fanns tre knappar. En av dem var en fejkad knapp, en förtäckt parabolmikrofon i mikroformat kopplad till en förstärkare och inspelare.

Han satte sig med ryggen snett framför Per och Lars och kunde rikta mikrofonen genom att ändra armens läge. Till allt var det en hörsnäcka inkopplad så han hörde samtalet väldigt väl. När han hört vad han tyckte var intressant, reste han sig och gick med ansiktet noga vänt så de inte skulle kunna identifiera honom.

Omedelbart efter avlyssningen på St Erik informerade alla tre, Mihai, Jean och Experten Harry om vad som hade observerats och vad som avlyssnats.

När Harry kom hen, sammanställde han informationen i korta rader i sin anteckningsbok.

- Kungliga Myntkabinettet
- Amerikanskt mynt
- Färja från Helsingfors
- Bil från färja till Gamla Stan
- Bil från Gamla Stan till Oslo.
- Datum. Utställning 28/2 och 1/3 2016
- Amerikanskt säkerhetsbolag
- Svenskt vaktbolag
- UD inblandat
- Polis bara som backup
- Diskuterade ett hotbrev och en olycka
- Lisa till Torpshammar i helgen

Men Harry hade insett att polisen Per fungerade som en spindel i nätet på något vis och var länken mellan organisationen med transport- och säkerhetsbolag och polisorganisationen om något skulle inträffa.

Visst hade alla i organisationen möjlighet att ringa 112 eller någon annan larmorganisation, men det snabbaste och mest effektiva var nog en polis som hade direktkontakt med ledningscentralen och som säkert förberett väl.

Att mörda Per verkade ganska meningslöst. Han skulle bara bli ersatt av någon annan.

Harry tänkte oftast bättre när han motionerade och lyfte skrot. Han gick därför ned i butiken på hörnet och köpte sig middagsmat. Efter en enkel måltid tog han sin väska med träningskläder och gick ner till gymmet i Vällingby Centrum.

Ombytt och klar var det dags för första maskinen, en monstergrej med ett handtag fäst i en lina som gick över en trissa på toppen för att sedan vara fäst i en sats vikter. Här gällde det att lägga på lagom antal kilo så att man på gränsen klarade att dra upp vikterna med handtaget c:a 20–25 gånger för optimal motionsinsats.

Nästa maskin var en roddapparat. Den kombinerade träning av både arm-, mag- och benmuskler. Lite svettig började Harry bli nu.

Han funderade mycket på hur han skulle stoppa Per samtidigt som han inte fick ersättas. Något slags hot måste det bli. Nånting som var så hotfullt att Per skulle bli lagom förvirrad. Per skulle helt enkelt få något annat och tänka på och förhoppningsvis tappa sin fokus.

Något som distraherade både honom och hans chefer. Harry hade ett verktyg att ta till som kunde vara komprometterande för en polis och det var att bli påkommen med fingret i syltburken.

En gång i tiden hade Harry kontakt med en person i Torpshammar som hälade tjuvgods i trakten och jobbade som narkotikalangare. Planen Harry funderade ut handlade om att låta Mihai placera knark hos Lisa och låta Åke branda Lisa. Harry hade hört från Åke, som var alltför duktig på att snacka, att han skulle få besök av en person från Stockholm.

KAPITEL 17

Lisa svängde upp från gårdsplanen upp på den väg som leder till E14 och vidare till Sundsvall.

Hon hade sovit gott i det gamla huset som fortfarande luktade som hon var van vid sedan barnsben. Hon mindes vårdagarna när hon var liten och tittade ut genom fönstret. Buskar och träd hade börjat knoppas. Solen lyste från klarblå himmel och gjorde att det gröna kunde anas på grenarna. En ljuvlig tid, åtminstone i sex månader kunde man njuta innan mörkret kom och förvarnade om den stundande vintern. Men nu var det början på våren.

Efter några kurvor kom en raksträcka över en dalgång som gjorde att sikten var utmärkt.

Inga bilar syntes till så hon gasade på och farten ökade rejält över de åttio som var tillåtet på den här vägen.

Lisa passerade vägen in till Olssons.

En bit in på den vägen stod en polisbil, men ingen polis med fartkamera syntes till, så hon fortsatte utan att slå av på takten.

En snabb blick i backspegeln informerade om att polisbilen svängde ut bakom henne. Visserligen låg de ett par, tre hundra meter bakom, men hon beslöt sig för att lätta på gasen.

Järnspikars, de hade slagit på både blåljus och sirener och hade fått upp farten rejält. *"Men,"* tänkte hon, *"de måste fått något uppdrag att åka på för inget tydde på att de haft fartkameror eller något annat."*

Lisa bestämde sig att bromsa in rejält och hålla till höger för att släppa förbi den blinkande och tjutande bilen.

Poliserna körde om men tvärnitade och nästan prejade henne i diket.

"Vad i helvete är det frågan om nu," tänkte hon. En polis kom fram och bad om att få se körkortet. Han behöll det och bad henne att kliva ur bilen. När hon gjort det, tog han henne bestämt i armen och sa att du får följa med till polisstationen och ledde henne till baksätet i polisbilen. Under tiden hade en annan bil stannat bakom hennes bil och passageraren klev ur och satte sig i Lisas bil, vid ratten.

"Vad ska ni göra med min bil" sa Lisa.

"Den kör vi till stationen för undersökning" sa polisen i passagerarsätet, "för undersökning".

.

"Undersökning för att jag körde för fort?" stammade Lisa fram.

"Vi diskuterar detta på stationen" fick hon till svar.

Polisbilen kördes i hög fart men utan sirener och blåljus hela vägen ner till Sundsvall och polisstationen där. Lisa var väldigt nervös för vad som väntade henne. Samtidigt var hon mycket arg. Vad i helvete skulle hon till Sundsvall för.

"En fortkörning borde inte ställa till en sådan dramatik. Och varför tar de min bil hit?!" tänkte Lisa.

Lisa fördes in i ett förhörsrum. "Sätt dig här" sa polismannen, vänligt men bestämt.

"Det kommer snart någon som tar hand om dig" sa den andre polismannen och de båda lämnade sedan rummet.

Det tog 45 minuter innan någon kom. Dörren öppnades oförsiktigt och med en smäll då dörrhandtaget slog i väggen. "Oj...förlåt, det var inte meningen" sa Göran Winkler. "Jag är utredare här. "Jag har några frågor till dig!"

Lisa sa "att jag har också frågor" i en mycket irriterad ton. "Brukar ni åka flera mil till en polisstation med folk som kört lite för fort?"

"Det vet jag inget om" sa Göran, "men du erkänner alltså?" fortsatte han men en pillemarisk min. "Du är inte här för någon fortkörning, men det är jag som ställer frågorna och du svarar och fortare jag får svar desto snabbare är vi igenom det här."

"Var var du igår?" blev Görans inledande fråga.

"Jag var hemma" replikerade Lisa.

"Så du åkte upp igår?"

"Nej, i förrgår" sa Lisa "Jag menar att jag var i min släktgård här i Torpshammar."

"Du menar så" grymtade Göran, "Så du var hemma i Stockholm dagen innan då?"

"Stämmer det, men nu får ni berätta varför jag sitter här?! Är jag anhållen eller misstänkt för något?"

"Berätta för mig hur du känner Mihai?" fortsatte Göran, envist och med en nollställd ton, "och varför du stannade på korvkiosken i Torpshammar?"

Lisa blev alldeles häpen. *"Vilken Mihai!?"* tänkte hon.

Hon blev nästan chockad över Görans påstående, hon hade då aldrig känt någon som en som ens hade ett namn som liknade Mihai.

"Jag känner ingen Mihai överhuvudtaget och jag var och åt i kiosken" svarade Lisa irriterat, "är det ett brott här uppe?"

"På Midlanda var du och Mihai ihop vid bagagebandet, eller hur? Ni åkte sedan i samma bil till Torpshammar, neka inte till det, för vi har bilder på det!"

"Känner fortfarande ingen Mihai och visst, jag gav en man lift till Sundvall, jag skulle ändå igenom stan, så det gick väl bra, men inte hette han Mihai."

"Jaså, vad hette han då?" frågade Göran på ett tvivlande sätt som irriterade Lisa ändå mer.

"Ja inte fan kommer jag ihåg det," sa Lisa med en hög röst, "han sa att han hette Gustavo eller något sånt!"

Lisa fortsatte "han satt i stolen bredvid mig på planet och vi småpratade och han frågade hur man tar sig från flygplatsen till Sundsvall, det var allt."

"Men vad gjorde han i din bil då?" undrade Göran.

"Jag sa att jag skulle hyra bil och fara till Torpshammar och jag åker via Sundsvall, så han kunde få åka med, om han ville, är det något konstigt med det?"

"Ni verkade ganska familjära så att säga" tyckte Göran. "som om ni känt varandra länge."

Göran tog en paus i samtalet.

"Allt du hade i bilen, var det dina grejor?"

Lisa blev lite häpen över frågan. *"Vad menar han nu?"* tänkte hon.

"Det är klart att alla grejorna är mina!" sa hon efter lite be-tänketid.

"Hade han inte med sig någon väska då?"

"Jo" sa Lisa, "men den tog han med sig när jag lämnade av honom."

"Var lämnade du av honom?" frågade Göran med en oskyldig min. I alla fall tolkade Lisa det på det sättet.

"Det vet du redan" fräste hon ifrån, "Det verkar som att ni spionerat på mig ända från flygplatsen. Nu får ni kläcka ur er vad ni vill mig." Samtidigt knackade det på dörren. En man i vit overall tittade in och bad Göran komma ut.

"Sitt kvar här" sa Göran till Lisa, "jag kommer om någon minut."

"Någon minut," tänkte Lisa. "Det är som fan att man först ska bli tillfångatagen, sedan vänta i ett trist kontorsrum. Inte ens fönster bara ett gammalt skrivbord och tre obekväma stolar. Undrar hur många mördare och våldtäktsmän som suttit i den stol jag nu sitter i?"

Efter 20 minuter kom Göran in och som förra gången åkte dörren upp med en smäll när dörrhandtaget slog i väggen bakom.

"Ursäkta" sa Göran, "det var inte meningen."

"Det sa du förra gången också" mumlade Lisa men Göran tog ingen notis om det utan fortsatte förhöret.

"Hade din liftare med sig en väska? Var ställde han den?" undrade Göran utan att andas mellan frågorna.

"Den ställde han i baksätet" sa Lisa konfunderat, "hur så?"

"Och den tog han med sig när du släppte av honom i Sundsvall?"

"Så var det" sa Lisa.

Göran tryckte på inspelningsknappen som satt på skrivbordet efter att han sagt att "förhöret med Lisa Olsson avslutas 22 maj 2015 kl. 14.21", "Jag kommer strax" sa Göran och försvann ut genom dörren.

Lisa suckade och funderade på hur länge hon skulle sitta och vänta den här gången.

Göran dök upp igen efter en kvart, öppnade dörren lika häftigt som förut men lyckades fånga den innan den brakade in i väggen!

"Du kan gå nu" fick han ur sig redan på andra steget in i rummet.

"Men nu får du berätta varför jag blir förhörd här?" frågade Lisa i en lättad men lite irriterad ton. "Varför blev jag haffad och nu släppt!"

"Vi misstänkte narkotikainnehav, kanske också försäljning, men vi hittar inget bevis så du kan gå nu!"

Lisa gick mot ytterdörren men stannade upp i korridoren, vände sig mot Göran och frågade "Men hur kom ni på blotta tanken, jag har aldrig sysslat med narkotika?"

Svaret från Göran blev att han inte kunde gå in på allt av utredningstekniska skäl samtidigt som han överräckte bilnycklarna till Lisa med orden "bilen är uppkörd framför porten, kör försiktigt och följ vad som står på hastighetsskyltarna."

KAPITEL 18

Telefonen ringde ilsket, i alla fall tyckte Harry det. Det var Åke i telefonen och han sa "Jag tror den här planen gick i stöpet för Lisa är i huset igen, Verkar som att hon blev släppt trots att det fanns bevis i bilen."

"Fan också" sa Harry " är hon i huset nu?".

"Ja" svarade Åke.

"Jag får återkomma om jag kommer på vad vi skall göra."

Harry var mycket bekymrad. Tiden var nu knapp och Han måste hitta en lösning. Han visste att Per var en mycket erfaren polis och något måste få honom att tappa fattningen. På något sätt, men hur?

Placeringen av narkotikan i Lisas bil misslyckades. Mihai hade preparerat en väska med en anordning som bestod av en necessär med ett hål i botten som kunde öppnas med ett snöre. Narkotika pulvret fanns i en liten burk och det var så lite att det inte skulle väcka uppmärksamhet i säkerhetskontrollen på Arlanda. Väskan skulle placeras någonstans i bilen och pulvret skulle släppas ut. Allt hade gått bra. Det fanns en risk att Lisa inte hade tagit med honom till Sundsvall, men den bedömdes som liten.

Harry började inse att något måste göras medan Lisa var kvar där i Torpshammar. Om hon reste hem skulle man dels tappa tid dels blev det mycket besvärligare. Lisa skulle resa hem i morgon och om något skulle ske måste det bli innan hon far. Harry ringde Mihai och diskuterade en plan.

Den gamla gården var nu såld. Köparen var en hantverkare från Timrå som hade sina rötter i Torpshammar men flyttat när han var i tioårsåldern då föräldrarna skildes.

Det verkade som att huset skulle bli familjens hobbyprojekt. Totalrenovering planerades, sa dom när kontraktet undertecknades. Inflyttning skulle ske 2 månader efter avtalet och det började bli hög tid för utflyttning.

Lisa hade, som ni redan vet, flyttat ut alla möbler och andra tillhörigheter så nu återstod städning. Därför hade hon anlitat en städfirma i Fränsta för att det skulle gå snabbt. Hon hade flugit upp, hyrt bil och bokat hotellrum. Av förståeliga skäl kommer hon aldrig någonsin att besvära sin morbror något mer. Så hon ville ha det avklarat så snart som möjligt. Lisa bodde sedan lång tid tillbaka i Stockholm och hade nyss flyttat ihop med Per så hon var inte intresserad av att ta hand om detta renoveringsobjekt.

Städfirman dök upp på gården med fyra städare och hade lovat att klara det på tre timmar.

"En promenad skulle sitta fint nu" tänkte Lisa och gick ner mot den gamla campingplatsen. Björn bodde i ett hus strax intill. Kanske skulle hon gå dit och se om han var hemma.

Vädret var kyligt men solen sken. Åkrarna intill vägen var fullt av "gräs" där snön tinat bort. Lisa var väldigt okunnig i vad bönderna här odlade. Havre kunde hon identifiera men de andra sädesslagen såg hon ingen skillnad på. Hon hade alltid varit väldigt ointresserad av odling och allt som gällde åkerbruk. När det gällde kor och hästar hade intresset varit något helt annat.

Stråna vajade i den lätta brisen. Hon gjorde sig ingen brådska, bara njöt av omgivningarna.

"Undrar när man skall kunna njuta så här" tänkte hon. *"En stuga utanför den vilda storstaden hade inte varit så dumt. Men det fick höra till framtidsplaneringen, först skulle hon gifta sig, sen fick man se."*

Lisa såg avtagsvägen till campingen som gick ner till höger och hon följde den vägen. Björn stod och höll på med något på tomten och hon vinkade när han tittade åt hennes håll. Han vinkade tillbaka.

Campingplatsen låg väldigt vackert men var inte röjd från grenar och annan växtlighet på länge. Den verkar vara stängd av någon anledning. Men hon hittade en bänk att slå sig ner på. När hon var här som tonåring var det full fart här. Med många campinggäster med barn i hennes egen ålder. Det var så hela bygden levde upp. Alltid var det något trevligt på gång. Hon hade sin mormors cykel och många av tonåringarna från campingtiden hade också cyklar. Det blev många cykelfärder till campingen med läsk och macka som matsäck.

En bildörr slogs igen. Lisa hörde dunsen tydligt men kunde inte se vare sig någon bil eller människa.

Hon lyssnade på rasslet i björklöven. En gren lät som om den gick av. En kort knäpp som man trampat på en torr träpinne som brutits i delar.

Hon tittade runt men såg inget. *"Det var väl vinden som knäckte en kvist,"* tänkte hon.

"Lisa Olsson?" frågade en röst bakom henne.

Lisa hoppade till av den oväntade rösten. Lisa vände sig om och svarade "ja."

"Du känner väl Per Åström eller hur?"

"Ja" sa Lisa med chock i rösten när hon såg att personen som stod fem meter bakom henne, hade ett gevär i handen.

"Synd att du inte åkte dit för narkotikainnehavet! Då hade du åtminstone fått leva" sa personen med geväret. Han hade lyft upp bössan och siktade mot henne.

Lisa kände igen rösten, den tillhörde liftaren i Sundsvall, han som såg till att det kommit narkotika i hennes bil.

Gevärsmynningen var nu riktad rakt mot hennes huvud och pekfingret började krama avtryckaren.

Det smällde till, ett gevärsskott brann av och Lisa stod stel som en pinne. Hon hann tänka att det inte känns att bli skjuten.

Liftaren segnade ner i en båge mot marken med stel blick.

Därefter var det absolut knäpptyst. I alla fall upplevde Lisa det på det sättet. Bara en skock småfåglar som suttit i något träd lyfte och gav sig iväg.

Sen kom skriket. Lisa skrek hysteriskt, dels för att hon blev rädd av smällen och dels för att liftaren låg raklång och orörlig på marken. Men även för att hon inte förstod vad som hände. Hon borde varit död nu, men det var liftaren, i stället, som låg där på marken.

"Jävlars, jag skulle bara skrämma honom, FAN, FAN, FAN..." sa en hög röst, med en aning panik i rösten, som inte var olik Björns!

Lisa vände sig om och såg Björn stå en bit bort med en bössa. "VAD GÖR DU?" vrålade hon. "ÄR DU INTE KLOK!"

"Vad skulle jag göra? Jag såg att han smög i diket bakom dig och ställde sig och siktade på dig! Jag såg att han klev ur bilen med ett gevär så jag hämtade mitt och gick ned mot dig. Han menade allvar. Ingen smyger i diken med gevär. Vad ville han?"

Lisa var nu så skakad att hon knappt fick fram ett ord. "Vad ska vi göra nu då?" sa hon med gråten i halsen. Liftaren låg där platt på marken med ansiktet uppåt och blodet bildade en pöl under bröstkorgen. Helt livlös. Rörde inte ett finger ens.

"Sa han något till dig? Va fan ville han?" frågade Björn återigen.

"Han sa något om narkotika och min bil" fick Lisa ur sig med skakig röst. "Att han tyckte jag borde åkt fast"

"Vet du vem det är?" frågade Björn med en viss förvåning.

"Inte annat än att jag lät honom lifta från flygplatsen i Sundsvall in till Centrum. Mer vet jag inte. Och så tog polisen mig på förhör om narkotika som de påstod att jag hade i bilen.

Men de släppte mig för de hittade ingen narkotika. Vad har det för samband, tror du?"

"Ingen aning. Men något måste det vara när liftaren också snackar om narkotika" sa Björn.

"Vi kan inte ringa polisen" utbrast Lisa, som om hon kommit på något. "Jag litar inte på dom här uppe!"

Lisa funderade en stund. "Jag skall ta några bilder på honom och skicka till min fästman som är polis i Stockholm"

"Men vad ska vi göra under tiden du väntar på svar?" frågade Björn. "Kroppen kommer att förstöras om den ligger här och så kan det komma någon."

Lisa knäppte ett antal bilder med mobilen. "Vi måste lägga honom på ett säkert ställe" sa hon, "i alla fall tills vi vet mer om vad vi ska göra. Går vi till polisen här, hamnar det bara i en meningslös utredning. Jag måste få råd av min fästman,"

"Jag går och hämtar bilen och några säckar" sa Björn "vi tar honom till den gamla sågen. Där finns en stor spånhög och borde fungera bra som konservering eftersom han skyddas från luft och värme som är främsta orsakerna till förruttnelse. Och så blir det ett skydd mot insekter."

KAPITEL 19

Planet tog mark, en halvtimme försenat pga. något tekniskt problem. Det kom en man med någon grå pryl i handen med en sladd och efter några minuter kom samma gubbe ut med en grå pryl i handen som liknade den han kom med.

"Det var väl något som han bytte ut," tänkte Lisa.

Väl i luften funderade hon på hur hon skulle lägga fram detta med att liftaren blev skjuten och att hon inte polisanmält saken.

Men hon skulle gå rakt på sak. Inte krysta till det utan bara berätta hur det var, vad som hände och varför hon gjorde som hon gjorde. Det stora problemet var hur hon skulle skydda Björn, för när allt kommer ikring var det hennes liv han räddade. Var inte det nödvärn?

Hon hade berättat tidigare för Per i telefon, om händelsen med liftaren och polisingripandet som fortfarande var ett mysterium. Nu måste hon berätta om en död person som hade legat framför hennes fötter.

Lisa ringde Per. " Hej? Allt väl?", sa hon i den knastrande telefonen. Hon satt nu på Arlanda Express och ibland blir det dålig mottagning.

"Hej!" sa jag, är du på väg hem nu?"

"Ja och jag behöver diskutera en sak med dig nu på en gång! Har du tid? Kan jag komma till ditt kontor?"

"Går väl an" svarade jag på mitt ibland lite slängiga sätt.

"Kom du, när ungefär är du här? Så jag kan anmäla det till receptionen!"

"Om en halvtimme gissar jag." svarade Lisa

Halvtimmen gick och nästan på minuten var Lisa framme vid receptionen i polishuset på Kungsholmen.

"Per Åström?" sa Lisa till receptionisten med andfådd röst.

"Sitt gärna ner och vänta" sa receptionisten, "jag ringer på honom så kommer han och hämtar dig, fyll i ditt namn och andra uppgifter här på skärmen medan du väntar!"

Lisa fyllde i alla rutor noggrant men trots det kom ett meddelande att adressen var felaktig. "Vad är det för fel på adressen nu då?" sa Lisa högt!

Receptionisten som kände Per väl, sa "att det nog berodde på att ni inte var gifta ännu".

"Va" sa Lisa med stor förvåning i rösten.

"Per har berättat om era bröllopstankar och att ni flyttat ihop, men du är skriven på en annan adress fortfarande."

"Hahaha" skrattade Lisa, "Du verkar ha koll på mycket du?!"

"Man är väl inte receptionist för inte" log receptionisten.

Med rätt adress ifylld, fick hon meddelandet "godkänd" på skärmen och den lilla skrivaren på receptionistens bord surrade fram en etikett som receptionisten satte i en plasthållare och som skulle fästas väl synlig på kläderna.

Lisa stod och väntade i vestibulen på att Per skulle komma. *"Vilket trist ställe"* tänkte Lisa, "allt brunt och grått. Knappt en tavla på väggarna."

"Hej" sa jag när jag kom bakom henne. "Vad har hänt?"

"Vi går till ditt rum så berättar jag" sa Lisa nervöst.

Jag föreslog att vi skulle gå till ett fik istället för att sitta på kontoret. Jag hade börjat misstänka att jag var bevakad och avlyssnad.

Väl inne på fiket beställde vi var sin kaffe och blåbärsbakelse och satte oss vid ett bord längst in i hörnet. Jag, min vana trogen, satte mig med ryggen mot väggen för att ha koll på vilka som fanns i samma rum.

"Berätta nu vad som har hänt!" uppmanade jag!

"Jo, du kommer ihåg det där jag berättade för dig om polisförhöret jag fick genomlida utan att få veta vad det handlade om?" började Lisa. "Du vet liftaren som åkte med mig?"

"Jo det minns jag, men var det inte en misstanke om knark?"

"Rätt, så var det!" Lisa fortsatte nu med en nervös min "han blev skjuten!"

"Jaha, där ser man" sa jag som om det var en vardagshistoria. I och för sig var de det, för mig, men det som nu Lisa utbrast, var inte vardagsmat. "Jag var med när det hände" sa hon.

Jag häpnade och tittade storögt på Lisa. Hur kunde detta vara möjligt! Jag såg min fästmö bakom galler i något fängelse bland vettvillingar. Tusen saker snurrade nu i mitt huvud. Är hon en mördare?

Jag lugnade mig och frågade "om hon kontaktat polisen?"

Lisa sa "att hon inte gjort det för hon litade inte på polisen i Sundsvall." Hon talade om varför och sa "att hon ville kontakta någon som hon litade på."

"Jag har bilder på liftaren i min telefon som jag vill att du tittar på först innan jag kontaktar polisen. Jag blev hotad till livet! Liftaren riktade ett gevär mot mig och grannen till campingplatsen, där jag var, sköt ihjäl honom."

Nu kom den nästan känsligaste delen av den här berättelsen. Något Lisa aldrig hade antytt ens. Att hon hade en ungdomskärlek i Torpshammar som heter Björn och som nu hade räddat livet på henne och dessutom hade röjt undan liket. I en hög spån i ett nedlagt sågverk!

"Men Lisa, det du berättar håller måttet för en kriminalhistoria!!!" utbrast jag. "Vilken soppa!"

"Men bilden du snackade om, har du den?"

Lisa visade bilderna i telefonen. "Ska jag skicka över dem till dig?"

"Absolut" svarade jag "Jag ska printa ut förstoringar på dom
och så ska vi skriva en anmälan till polisen i Sundsvall.”

"Nu måste du skriva ner hela berättelsen och även berätta
bakgrunden om den där Björn du berättade om, hela histo-
rien."

KAPITEL 20

Efter fikat, med den ruskiga historien, åkte Lisa hem och jag gick tillbaka till kontoret. Några ungar lekte i den intilliggande parken. Jag gjorde en avstickare upp till Kronobergsparken för att smälta det jag just hört. Parken hade många grusgångar och jag gick runt dem på måfå. Efter ett tag slog jag mig ned på en ledig parkbänk.

Jag tittade på bilderna i min telefon. Något gjorde att jag tyckte mig ha sett personen på bilden någonstans. Men var och varför. Jag gick igenom mina minnen som jag hade kvar av de som jag haft på förhör och de som jag varit i kontakt med på sistone. Men kom inte på något!

Att lämna bilden till tekniska för koll mot registren, verkade inte vara en så god idé. då de kunde börja undra varför jag ville det. Kanske det vore bäst att säga åt Lisa att göra en vanlig anmälan.

Men något sa mig att detta handlade om mer än mord.

Lisa hade sagt något om narkotika och att hon inte kunde sättas dit för det. Men jag hade aldrig märkt att hon ens var i närheten av skumma affärer.

Jag steg upp från parkbänken och gick mot kontoret, om det var arbetslusten eller suget på kaffe som fick mig att gå dit vet jag inte men troligen var det kaffet. Jag hade nyss druckit på caféet men suget fanns kvar.

Jag gick bort till kaffeautomaten. En kopp espresso kanske kunde hjälpa att räta upp tankegångarna.

Dagens kaffemaskiner kan man göra väldigt många val på. Massor med knappar och varenda en har ofta liten text. Den här hade knapparna i en blank panel. När man stod på en viss plats såg man spegelbilder av vad som fanns vid sidan om maskinen. Som fönster och kaffesugna som stod och väntade på sin tur.

Vad fasen…. men, nej, kan det vara möjligt! Jag fick en idé som måste kollas upp.

Jag gick och satte mig vid ett bord i fikarummet. Folk kom och gick hela tiden. Värst vad mycket kaffe det förbrukades i det här huset.

Min telefon låg i benfickan på byxorna och jag halade fram den och började kolla igenom bilderna jag hade i den. Det var en salig blandning av jobbbilder och privata bilder. Jag kom ihåg att jag sett en spegelbild eller något liknande på någon av bilderna.

Det blev att bläddra och leta. Känslan av att hitta svaret på vem som blev skjuten i Torpshammar kanske finns här.

Bilderna rullade förbi en och en. Jag satt i en timme tror jag och gamnacken började värka. Här är den nog, en bild tagen i en möbelaffär när jag och Lisa letade efter en hallspegel. En person syntes i spegeln.

”Nej det stämmer inte. Fel person. Men här då,” tänkte jag, ”här är den.”

Lisa hade skickat en bild på den där klänningen hon funderade på och det hade sett lustigt ut med personen som tittade in igenom skyltfönstret precis när hon tog bilden.

Jag förstorade upp bilden på skärmen och den personen var då väldigt lik den döde.

”Men hur är detta möjligt!” tänkte jag.

En person som syns i ett skyltfönster på Hornsgatan skjuts till döds i Torpshammar. Jag tänkte tankar som jag aldrig hoppades behöva tänka.

Samma person liftar dessutom med Lisa i Sundsvall.

”Vad är den gemensamma nämnaren i detta?”

Först måste jag diskutera med Lisa om mina slutsatser och förbereda henne på vad som eventuellt skulle kunna hända.

KAPITEL 21

"Det var märkligt, " tänkte jag, *"att vi inte har möten på kontoret längre. Lars ville inte säga vad det rörde sig om, den här gången heller, utan bara kort och gott att vi skulle ses utanför Wasa-varvet klockan två i morgon. "*

Det var kort framförhållning och jag invände att jag hade ett möte med några kollegor då.

"Det hjälps inte, du får boka om det i så fall" sa Lars lite bryskt.

Jag tänkte att det skulle vara trevligt att se Wasavarvet igen. Det var 20 år sedan jag var där sist. Ett mycket trevligt museum med detta enorma träfartyg som höjdpunkt. Fartyget genomgår en kontinuerlig restaurering. Det tog 40 år bara att ersätta sjövattnet med en glykolblandning för att det gamla ekträet inte skulle spricka och smulas sönder.

Eken har förlorat 70 % av sin hållfasthet, så allt som måste göras när det gällde de bärande delarna, måste genomföras med försiktighet och i etapper så inget spolierades.

Jag läste i tidningen häromdagen att nu skulle alla gamla rostiga bultar bytas ut för järnoxiden (rost) anfräter eken. De skall ersättas med en ihålig bult i ett material som inte korroderar och inte angriper ekträet. Skrovet innehåller 5000 bultar som skall bytas ut. Man skulle då även minska fartygets vikt med 5 ton vilket de informerade om i tidningen, motsvarar en medelstor elefant! Det skulle naturligtvis bli positivt för fartygets bärighet.

För att inte slita på ekplankorna måste allt jobb utföras med skoskydd. Likadana som man har på olika vårdinrättningar.

Jag tog spårvagnen ut på Djurgården och hoppade av på första hållplatsen efter Djurgårdsbron. Efter en kort Powerwalk, jag var några minuter sen, var jag framme. Lars uppskattade punktlighet.

"Hej" sa jag och tog några steg förbi chefen mot ingången till WASA-museet.

"Vart ska du?" frågad Lars.

Trodde vi skulle in här, sa jag, och pekade mot ingången.

"För mörkt där" påstod Lars "Följ med mig i stället."

Vi gick runt museet och ner på gångvägen nedanför och sedan över bron på slussportarna till dockan där WASA en gång bogserades in, hängande i flytpontoner.

"Jag kände mig besviken och lurad även om ingen ens antytt att vi skulle besöka varvet. Fan också!" tänkte jag

Chefen vek av till höger ut på bryggan där isbrytaren S/S Sankt Erik låg förtöjd.

"Nu går vi ombord" sa han, och lät mig betala den frivilliga inträdesavgiften. 10 spänn per skalle, som föreslogs på skylten. *"Det var väl ingen jättesumma men kände ändå att om chefen bestämmer vart man skall gå kan han väl stå för fio-lerna, "* tänkte jag.

Väl ombord tog vi en liten runda runt båten. Där fanns mycket att se men vi hade inte tid att vara turister utan tog snart sikte på kaféterian. Vi ville mest spana på vilka männi-skor som fanns ombord.

På akterdäck fanns några stolar och bord och de användes nog till tillställningar när bar och restaurang var öppna.

"Vi slår oss ner här" föreslog Lars.

"Hovmästar`n, får vi beställa?" skojade jag högt men visste att ingen skulle hörsamma min önskan!

Lars flinade och menade att jag fått fnatt!

"Vad gör vi här då?" frågade jag med en finurlig min.

Vi var ensamma i cafeterian när vi kom men nu kom en per-son och satte sig i andra änden. Han satt nu med ryggen mot oss och hade en öl och en macka framför sig.

Chefen började med att berätta att jag nu skulle få veta exakt vilken min uppgift skulle bli! "Vi träffas här därför att jag fått indikationer på att någon verkar läcka på kontoret."

"Det jag nu säger rör förhållande till annan stat även om det inte handlar om vare sig utrikes- eller säkerhetspolitik, men kan vara känsligt om det blir så att föremålet av någon anled-ning försvinner. Det skulle ärligt talat vara pinsamt och på-verka förtroendet. Därför har rikspolischefen fått i uppdrag att hålla ett öga på ett föremål som skall transporteras från Finland till Stockholm och sedan vidare till Oslo.

Chefen mässande vidare "Din uppgift blir att se till att inget händer. Jag vet inte i detalj hur transporten skall ske till och från oss, vilken väg, jag vet inte ens om det är med flyg eller på något annat sätt. Du får ta reda på det själv och inte berätta för mig, annat än på en plats vi bestämmer utanför kontoret. Det verkar som jag är avlyssnad eller att någon spionerar på mig. Jag vill inte berätta vem jag misstänker eller varför, så det är ingen idé att du frågar."

"Men nu vill jag fråga, om jag får avbryta" sa jag? "Vad är det jag skall bevaka och varför?"

"Vecka 9 skall Kungl. Myntkabinettet ha en utställning" sa Lars och jag avbröt med "ett ögonblick, jag måste hitta mitt anteckningsblock och en penna", och rafsade i mina fickor. Grejorna låg i höger innerficka på min grå jacka jag hade på mig. Så jag sa "låt höra nu", lättad av att hitta dem så snabbt.

"Museet skall ha en utställning med gamla amerikanska mynt och där finns ett mynt som räknas som den första Dollarn. Amerikanarna kallar det "Flowing Hair Silver Dollar" och den är från 1794. Du kan nog läsa om dess historia på nätet" sa chefen och fortsatte informationen med "Det är intressant av flera anledningar. Dels är det värt 10 miljoner dollar och är därmed världens dyraste mynt. Men också att det är historiskt intressant. De silverdollars som präglades 1794 är USA:s allra första dollars. Början på den världsvaluta vi ser i dag. Kombinationen av värde och historia gör att vissa samlare med mycket pengar kastar ögonen på det. Visserligen förstår inte jag varför ett mynt som ligger i byrålådan och inte går att sälja vidare eller ens kunna visas upp, kan vara så värdefullt."

Lars tittade på sin telefon som surrade, något viktigt var det, då han stannat upp och fokuserade helt på någon text i den.

Lars fortsatte "som jag fått uppgift om, alldeles nyss. kommer en transportbil från Finland, där myntet ställdes ut veckan innan, via färja till Stockholm och sedan transport till Myntkabinettet. Hur den ser ut, när den kommer, och alla andra detaljer, får du ta reda på och därför vill jag att du far till Washington och tar reda på det. All säkerhet, transport etc. ordnas av amerikanarna. Polismyndigheten ställer inte några resurser till förfogande. Men du skall samordna med myndigheter, Myntkabinettet, vaktbolaget samt allra viktigast, hålla ett öga på alltihop från Finlandsfärjan till Oslo. Händer det något eller om det håller på att hända, vet du vart du skall ringa för att få en insats."

"Tack då har jag koll på vad som jag tror behöver göras" sa jag.

"Vad bra!" sa Lars och efter en kort paus frågade han "vad skall du göra till helgen?"

"Lisa skall till Torpshammar om ett arv och träffa sin morbror Åke så jag blir gräsänkling" sa jag.

"Men nu har jag lite bråttom till ett annat möte" sa jag sedan, lite stressat. Lars såg lite häpen ut när jag gjorde ett sådant tvärt avslut och reste mig. Jag kom på att jag måste ta mig till Stuvsta för att diskutera de mystiska bilderna med Lisa.

KAPITEL 22

Jag kände att det brådskade att prata med Lisa om hur jag skulle göra. Känslan av att det här var större än narkotikalangning fanns där. Men vad?

Jag hämtade en av de civila tjänstebilar vi hade i källaren för att åka till Lisas arbetsplats i Stuvsta. Jag beslöt mig för att inte förvarna utan åka direkt dit. Hon hade lektioner och det vore onödigt att störa henne innan och berätta min iakttagelse. Då skulle hon nog komma ur balans. Dessutom ville jag hålla hemligt vad jag höll på med. I körjournalen för bilen skrev jag kort och gott "spaningsuppdrag."1

Jäklar vilket väder det blev. Regnet bara vräkte ned. Bilfärden från polishuset skulle gå på E4 söderut via Fredhällstunneln. Vägarna hade förvandlats till en flod. Rätt vackert att se de stora regndropparna plumsa ner i vattenytan för att förena sig med den här floden.

Trafiken gick rätt trögt nu och trafikradion informerade om att det blivit vatten i tunneln och varnade för trafikstockning. Jäklars! Jag hade bråttom! Visserligen var resan inte akut och fordrade blåljus och sirener men det klassats som "brådskande tjänsteutövning", Men med så dålig sikt som det var så beslöt jag mig ändå för att sätta utryckningslampan på taket och hitta en väg genom köerna. På södra sidan av Fredhällstunneln fanns nog inga köer och då kunde jag ta in tiden igen.

Min plan lyckades. På andra sidan om tunneln var det fritt ifrån köer. I tunneln hade det bildats en pool av skitigt vatten. Alla bilunderreden fick en högtryckstvätt och allt grus, salt och kanske olja hamnade i spolvattnet.

Men nu rullade det och snart parkerade jag uppe på Kungsklippan där skolan låg. Om någon sett filmen "Örnnästet" känner man igen det när man ser hur skolan är placerad. Fortet som kallades Örnnästet i filmen låg precis på höjden på en klippkant och så gjorde den här skolan.

Lisa blev väldigt överraskad när jag stod i korridoren och väntade på att lektionen skulle ta slut. Det var ingen risk för att jag skulle missa det. Dörren öppnades och ut välde 26 elever med liv och lust för rast.

"Men hej, kommer du och överraskar?" sa hon.

"Jag vill visa dig en sak" sa jag. "Har du nånstans vi kan vara ostörda?"

"Vi kan sätta oss i klassrummet, där är det kliniskt rent från ungar under rasten" skrattade Lisa.

Vi satte oss vid katedern. Jag tog fram de två utskrivna bilderna och lade dem framför Lisa. "Du känner nog igen båda och ser du likheten?"

"Helt klart" svarade Lisa med en dröjande ton. Det verkade som hon hade kommit på något. Visst noterade hon likheten mellan bilderna men det var något mer som hon ruvade på.

Hon plockade fram en penna och började skissa en jacka och en keps på bilden med killen i skyltfönstret. "Känner du igen killen från någonstans nu?" frågade Lisa.

"Mja" sa jag. "Vet inte riktigt, vad tänker du på?"

"Killen på trappan utanför vår lägenhet! Ser du inte det?" utbrast Lisa.

"Ta mig fan, jag tror du har rätt!" svarade jag. "Och han satt inte där i morse. Han har suttit där varje morron i tre veckor nu. Kan vara en tillfällighet men om han nu ligger i den där spånhögen så kan han inte vara utanför oss samtidigt!"

"Tyvärr måste jag anmäla detta och du måste varsko Björn. Jag ska nog prata med min chef, här är något mer på gång än en skjutning i försvar och ett räddat liv."

"Har du nånsin pratat med den här personen?" frågade jag Lisa.

"Nej aldrig! Jag har bara sett honom på trappan och utanför skyltfönstret men då visste jag inte att det var samma person. Ja och så i Torpshammar! I min bil förstås, men jag förstod inte då, att det var en och samma kille!"

"Det mystiska är att den här personen visste att du skulle till Sundsvall och Torpshammar! Har du någon teori om detta?"

"Inte en aning" sa Lisa eftertänksamt. Lisa tog en paus och såg ut som hon skulle fortsätta att säga något mer.

"Det enda som jag tyckte var lite egendomligt var att min morbror Åke aldrig brukar prata i mobil så ofta men när jag var där så tyckte jag att det blev oftare än vanligt. Och när jag tänker efter så nämndes mitt namn vid ett tillfälle. Jag hörde det genom fönstret när jag vädrade och telefonen ringde när han stod på gårdsplanen."

Lisa fortsatte "Vad tror du, vet du något om detta? Du är så tyst!"

Jag ville ha en betänketid så jag tittade på barnen utanför fönstret och tänkte att de har en bekymmersfri tid nu i några år innan de skall börja vuxenlivet. De flesta höll på med sina utelekar men några satt på bänkar i klungor och höll på med sina mobiler. Frisk luft fick de i alla fall även om man önskade att de rörde på sig mer på rasterna. Sitta still fick de göra på lektionerna så det räckte ändå.

"Om det är så att din morbror är inblandad i detta så, och nu spånar jag, visste han om att du skulle komma. Men det är väl ingen orsak till att låta någon ifrån Stockholm försöka mörda dig, eller hur. Någon oförrätt i er arvsdiskussion kan inte vara motiv nog" sa jag.

Lisa såg återigen fundersam ut och sa "har inte tänkt på det förut, men det finns ett rykte om att Åke är inblandad i skumraskaffärer, bland annat knark. Men det är inget som jag kan bevisa och ryktet är bara i andra hand, kanske från folk som har ett horn i sidan på honom"

"Vad jag förstår på dig, så verkar det vara en vanlig metod där uppe!" kommenterade jag.

Lisa blängde snett på mig, antagligen för att hennes känslor för bygden sårades.

KAPITEL 23

Solen stekte den här dagen. nästan så det sved i skinnet. Idag skulle jag träffa museichefen och förbereda mig på uppställningsplatsen och omgivningarna.

Jag åkte till Gamla Stan och gick förbi fiket bredvid uppgången från tunnelbanan. Mötet skulle ta någon timme och var inte restaurangen på museet öppen, vilken den troligen var, så kunde jag ju äta en enklare lunch här på fiket.

Efter en kort promenad genom Gamla Stans gränder, kom jag fram till Kungl. Myntkabinettet som ligger mittemot Slottet.

Ingången var inte direkt mot gatan och man måste passera en förgård med planteringar. Påminde lite om en kryddträdgård. Men i stället för kryddor fanns där möbler för besökare till restaurangen.

Restaurangen låg på höger sida och verkade öppen.

Jag gick in till receptionen. "Museichef Sara Thegerström? Vi skulle träffas kl. 10."

"Jag ringer på henne, hon kommer strax!" informerade receptionisten mig.

Under tiden som jag väntade läste jag på menyn som var skriven på en tavla vid ingången till restaurangen. Den var placerad i en flygel på huset.

"Hej!" sa museichefen, "vi går upp en trappa till mitt rum, eller vill du se utställningen först?"

"Nej" sa jag, "vi kan göra det efter vårt samtal, det blir lite lättare om vi planerar åtgärder och vilka planer ni har först, eller vad tror du?"

"Du har nog rätt, vi gör så!"

Vi tog trapporna upp till nästa våningsplan och där låg det ett antal kontorsrum. Ett var museichefens. Inte direkt spartanskt, men möblerna som hade en viss patina, verkade ärvda från åtminstone 3 generationer chefer. En gödselfärgad heltäckningsmatta förhöjde inte direkt intrycket.

Jag blev erbjuden att sätta mig vid besöksbordet som var litet men fyllde sin funktion. Fyra stolar fanns runt bordet och vägen dit var en knarrande gångstig mellan skrivbord och en hylla med pärmar.

"Det blir en lite nervös tillställning det här," sa Sara, "visserligen är hela museet fullt av klenoder sedan förut, men de bästa dyrgriparna förvaras inte här utan har ersatts av kopior med mycket hög kvalitet. Endast ett mycket vältränat öga kan se skillnad."

"Det visste jag inte sa jag, trodde att allt var original!"

"Nej," fortsatte Sara, "risken är för stor. Visserligen är mynten i sig nominellt värdelösa, men vissa samlare verkar kunna göra vad som helst för att komma över vissa objekt."

Jag lämnade om den information jag hade om vad som var viktigt för henne att veta. Hon berättade för mig att hon haft kontakt med NNC (National Numismatic Collection, National Museum of American History) i Washington samt ett av dem anlitat säkerhetsföretag i USA. "Vi skall stå för den ordinarie bevakningen och det amerikanska bolaget ska bevaka här på plats samt även transporterna till och från" informerade Sara mig.

"Jag fick även namn på det amerikanska bolagets kontaktperson samt den operative chefen de skulle ha stationerad här under utställningen" fortsatte Sara.

"Det låter bra det" sa jag. Jag ville inte avslöja vilka kontakter jag hade eller skulle ta, det höll jag för mig själv. Det var dessutom kanske inte så intressant för Sara.

"Nu bjuder jag på lunch, om vi är klara här!" föreslog Sara överraskande. "Det finns en restaurang som är bra bredvid entrén här nere!

"Det tackar vi för" sa jag.

KAPITEL 24

"Tjänare", sa jag i telefon. Jag hade ringt upp min kompis Molander på S4U (Security for you) som var ett säkerhets- och bevakningsbolag.

"Hej", svarade Molander på en lite surrig uppkoppling. Sånt man råkar ut för då och då! Det var väldigt svårt att höra. "Jag ringer om!" sa jag. Eller rättare skrek jag i luren.

"Hej, det är jag igen!"

"Hej.... hörs det bättre nu?" frågade Molander.

"Ja, nu blev det bättre."

"Vad ville du?" undrade Molander?

"Jag skulle vilja träffa dig för att diskutera en sak eftersom jag vet att jag kan lita på dig."

"Ja det är självklart, var träffas vi?"

"Vet du var den gamla telefonkiosken på Kornhamnstorg står?" frågade jag.

"Ja", sa Molander, lite undrande.

"Då syns vi där kl. 11 prick i morgon" sa jag, "så bestämmer vi där vad vi gör!"

"OK" sa Molander, "det går bra!"

Nästa dag var det dags för mig en gråkall förmiddag men jag beslöt mig ändå för att ta en promenad till den avtalade mötesplatsen.

Jag gick ut genom porten och tog gatan ned till höger. "Fan vad bistert" muttrade jag för mig själv. Det var nästan så snöflingorna hängde i luften. Utsikten över Gamla Stan skymtade mellan ett par hus alldeles intill, men idag var det bara som ett grått töcken.

På trappan till huset bredvid brukade det sitta en person, en kille i 35-årsåldern. Blå jacka och blå keps. Men inte idag! Konstigt tänkte jag. Jag hade nästan blivit van att han satt där och tittade i gatan och det verkade som han tillhörde områdets A-lagare. Men nu var han inte där. En minnesbild flimrade förbi. Fotot Lisa hade knäppt på den döde mannen som var så likt fotot på mannen i skyltfönstret påminde om mannen som suttit på trappan. Både Lisa och jag hade konstaterat att det måste vara samma person. Jag fick en iskall känsla av att jag varit skuggad.

Den enda jag berättat för, att Lisa skulle vara i Torpshammar ,var chefen, när vi var på isbrytaren och fikade. Det satt en person vid ett bord intill. Kan det vara så att den personen avlyssnade oss? Och då ställer jag mig frågan om hur han visste att jag skulle dit och ha ett möte med chefen?

Promenaden gick ner till Götgatan och sedan till höger mot Gamla Stan. Nedgången till tunnelbanan vid Station Slussen såg lockande ut, men jag beslöt mig att, trots det bistra vädret, ta mig till fots hela vägen.

Slussen var, om möjligt, ännu fulare och ogästvänlig än förut. Ombyggnaden av Slussen hade påbörjats. Men de bilder jag sett i tidningarna gav mig inget hopp om ett grönt och skönt område. Såg ut som en jättelik plan med raka konturer, en bjärt kontrast mot såväl Söders som Gamla Stans gamla byggnader. Hoppas det blir bättre i verkligheten när det är klart.

Jag funderade en del över mannen på trappan. För några veckor sedan, när jag skulle skjutsa Lisa till Arlanda satt samma person på trappan då också. Det var nog ingen tillfällighet, kändes det som, men nu var han inte där. Men jag blev lite osäker och stannade mitt på bron över Karl-Johan-slussen. Jag tittade bakåt och över hela Slussplanen men ingen man med blå jacka och keps var synlig.

Jag gick vidare över den nu ganska blåsiga bron. Vinden kom från öster och blev nedkyld över det ännu kalla vattnet. När jag kom ner bland Gamla Stans gamla vackra byggnader, kom jag i lä och då kändes det nästan som sommarväder.

Kornhamnstorg tillkom troligen genom 1620-talets regleringar av stadens västra kvarter, efter den Stora branden 1625. Under hela århundradet kallades torget för Åkaretorget, troligtvis därför att detta var en uppställningsplats för åkarnas vagnar. Det nuvarande namnet växlar länge med Åkaretorget som benämning såväl på torget som själva hamnplatsen. Mitt på torget står statyn Bågspännaren av Christian Eriksson, uppförd 1916. Det restes till minne av Engelbrekt Engelbrektssons frihetskamp. Torget har en gammal telefonkiosk som ser ut att komma från den tiden då telefoner bestod av en låda och en hörlur. Mikrofonen satt på lådan och man fick sträcka sig till den och prata i en slags tratt. Per kände till detta då Stockholms historia var ett av hans intressen.

Klart att utrustningen moderniserades med tiden, men nu för tiden, i mobilernas tidsålder utgör kiosken bara ett pikant inslag på torget. Den är helt utan telefonutrustning numera och är illa åtgången.

Jag korsade torget och kunde inte låta bli att titta över axeln efter den blå jackan. Men ingen syntes till och jag gick de sista stegen till mötesplatsen.

Det var några minuter kvar till avtalad tid och jag ställde mig mittemot kiosken för att ha bra översikt över torget. En gammal vana jag har för att inte bli överraskad av vare sig önskade eller oönskade besökare.

Jag behövde bara vänta i några minuter så kom Molander släntrade över torget. Han verkade inte göra sig någon brådska. Det hade börjat stänka lite regn och jag kände ett stort behov av att komma under tak nu.

"Tjänare" sa Molander när han kom fram!

"Vilket skitväder! Ska vi hitta ett lunchställe? Jag vet ett bra ställe om du gillar Sushi?" frågade jag.

"Ja", sa Molander, "det var ett tag sedan så det skulle nog smaka."

"Då går vi dit, det är porten därborta, till "Gallerian Passagen" och trappan en våning upp" sa jag. "Ett litet lugnt ställe med hyfsad kvalitet på käket!"

Väl inne på restaurangen, fick de beställa vid disken.

"En 11-bitars lyx och en lättöl" bad jag om.

Molander beställde en standard 11-bitars. Skillnaden var att 2 avokado var bytta till lax i min lyx-variant.

"Vad vill du ha att dricka?" frågade tjejen bakom disken, Molander.

"Jag tar mineralvatten med citronsmak om du har", svarade han.

Vi satte oss vid ett av de bruna borden. Alla borden var mörkbruna. Hela inredningen var förresten, mörk. Väggar av rödbrunt tegel och dörrarna var bruna.

"Undrar om de hade rea på brunfärg när de byggde," tänkte jag. "Det liknade mer en engelsk pub med alla ölflaskor uppradade ovanför kassan, än en japansk krog."

I den här restaurangen fanns bara fönster ut till gången mellan den här och en annan restaurang och jag hade placerat mig så jag kunde hålla full uppsikt på de som passerade.

"Ryggen fri," tänkte jag, "var det bästa just nu."

Vid bordet intill satt en tjej med ursprung från något land där människorna var brunhyade. Söt tjej med korpsvart hår i flätor. Helt koncentrerad på att få styr på ätpinnar, något som kräver en viss övning. Men det verkade gå hyfsat för sushibitarna åkte in, en efter en.

"Var det något speciellt du ville snacka om?" frågade Molander, lite försiktigt.

"Jag skulle behöva några råd?" sa jag.

"Om vad?" undrade Molander och såg ut som en fågelholk. Han tänkte nog att jag borde kunna allt i det här området! Men han verkade känna sig lite hedrad av att bli rådfrågad av en så erfaren person.

"Jag har hört att ditt företag har skött en del värdetransporter från Finland med färjan över hit till Stockholm" sa jag. "Jag har några funderingar kring säkerheten ombord?"

"Det går väl bra, fråga på du!" Molander anlade en lätt intresserad min.

"En sak som jag funderat på, är att transportbilarna skall lämnas på parkeringsdäck och sedan får ingen vistas där under hela resan. Hur vågar ni lämna bilen utan uppsikt?" frågade jag.

"Inga problem" svarade Molander. "Man föranmäler transporten hos rederiet, anger bilens registreringsnummer, vilka personer som följer med. Bifogar passnummer och foton som inte får vara samma som på passet utan skall vara med företagets uniform."

"Så den infon sparas i ett dokument så man kan jämföra då?"

"Ja och stämmer det inte larmar vi polis eller om det är under färd så får färjans säkerhetspersonal ta över och bura in de som avviker och då får polisen ta hand om det när vi är iland igen" sa Molander. "Därefter har vi tillträde till bildäck under hela resan, men bara i omedelbar närhet av vår egen bil, om inget oförutsett händer, förstås"

"Varför frågar du?" fortsatte Molander.

Molander brukar man kunna lita på, så jag berättade om transporten utan att avslöja annat än att det var amerikanare som arrangerat det hela och att de var angelägna att allt skulle fungera.

135

KAPITEL 25

Man kunde åka upp till plan 7 med hiss. Bekvämt men vågen hemma hade, med sina stora ilsket lysande siffror, berättat att jag borde ta trapporna istället. Det var bara 4 våningar och om jag gick ut ur mitt rum två minuter tidigare finns tid för att pusta ut innan jag gick in till SÄPO-chefen.

Sara Berntsson, basade över Avdelningen för Säkerhetsskydd på SÄPO. Säkerhetsskydd avser skydd mot spioneri, sabotage och andra brott som kan hota rikets säkerhet.

Det var väl tveksamt om det här amerikanska besöket skulle innebära någon risk, men man vet aldrig så det är bäst att jag informerar mig om det. Skulle de få in informationer så hade jag i alla fall öppnat kanalen så att säga.

Inne på Saras rum tittade jag mig häpet omkring. Ett rum helt befriat från personliga detaljer. Inte ens den minsta lilla tavla eller affisch. En liten bokhylla, en kontorsstol, ett skrivbord som var höj- och sänkbart och en besöksstol, det var allt. Helt rent från blommor var det också.

Det märkliga var också att bokhyllan bara hade pärmar på två hyllor, på resten av hyllorna fanns energidrycker, energigodis, pulvermåltider och annat som liknade nödproviant.

"Sportar du på luncherna?" frågade jag och blängde mot bokhyllan.

"Du tänker på vad som finns i bokhyllan?" svarade Sara. "Nej," fortsatte hon, "det är om det hettar till och jag måste jobba dygnet runt, då behövs energikickar!"

"Aha" sa jag är det därför, händer det ofta?"

"Nä, inte ofta, men när det händer måste man vara beredd. Man vet aldrig och i dagens läge med terrorism, kan saker ske väldigt snabbt" upplyste Sara.

Sara hade slagit sig ner i stolen och, mer eller mindre, hängde över bordet. "Slå dig ner så får jag höra vad du har på hjärtat?" sa hon.

"Jo, det är så att vi får besök av amerikanare den 28/2 till 2/3. De skall till Kungliga Myntkabinettet och ställa ut ett par värdefulla mynt" sa jag och fortsatte "det ena är värt 70 miljoner kronor som försäkringsvärde, men det är väl affektionsvärdet som är mer påtagligt. NNC träffade jag i förra veckan och de gav mig värdefull information om transportrutter, tider etc. och de var naturligtvis ängsliga för att deras klenod skulle drabbas av någonting som stöld eller bombdåd eller vad fasen som helst."

"Den där klenoden, som du talar om, är det ett mynt?" frågade Sara.

"Ja det är det, ett mynt som tillverkades 1794 och är den första dollarn de hade. Det kallas "Flowing hair silver dollar" och kan ses som en symbol för den amerikanska utvecklingen och välståndet. De har varit ute för 44 st förfalskningar och kopieringar utan framgång men de vet att det finns samlare som ser myntet som åtråvärt" informerade jag. "Vad de nu är mest nervösa för är den rådande situationen i världen med

terroristhot och liknande. IS (Islamska Staten) har givit sig
på minnesmärken och arkeologiska kulturskatter."

Sara frågade "var skall det visas upp och hur tar de hit det?"

"Jag blev upplyst om att de skall använda ett säkerhetsföretag
som skall ta det från Helsingfors till vårt Kungliga Myntka-
binett och sedan vidare till Oslo. Transporten sker med be-
pansrat fordon, inhyrt svenskt säkerhetsföretag och även med
amerikansk personal från det bolag som äger transportbilen.

"Vad har du för upplysningar, om detta. Känner du till den
här transporten och utställningen?" frågade jag Sara.

"Om du sitter kvar här så skall jag kolla med min kollega som
har hand om det här ärendet. För jag vet att vi haft kontakter,
jag vill bara ha senaste upplysningarna, dröj ett ögonblick!"
sa Sara och försvann ut genom dörren.

Efter ett tag kom hon tillbaka med några papper i handen.

"Vet du" sa hon, "att vi fick veta om den här aktiviteten för
fyra, fem veckor sedan och vi gjorde en del eftersökningar
och igår kväll fick vi lite upplysningar från USA."

"Intressant" kommenterade jag.

"De berättar allt du upplyst mig om och vet också att en per-
son som bor i Hongkong har diskuterat detta via mail med en
annan person också i Hongkong och det verkar som att de
känner till den här resan och utställningen. Personen som
Harry Feng har korresponderat med är en känd industriman
med intresse för dyra metaller och föremål. Jag fick också
veta att Harry Feng är känd när det gäller narkotikalangning
och att han köpte flygresa hit för 4 veckor sedan" sa Sara

"Det var som sjutton" sa jag. Samtidigt tänkte jag *"jag får en känsla av att det är något som Sara vet men inte berättar för mig"*

"Harry Feng har man inte lyckats få fast för narkotikalangning ännu, men däremot ett antal småbrott som givit honom maximalt 1 år. Men vi har ett gemensamt intresse av att få fast honom, så det vore bra om du kunde låta honom löpa, såvida han inte gör brott som kan ge minst 10 år och med säkra bevis." sa jag.

"Det skall jag lägga på minnet och tack för upplysningarna" sa jag och reste mig och gick de fyra trapporna ned till mitt rum. Dagens motionspass!

KAPITEL 26

Det verkade som att det inte gick några direktflyg till Washington från Arlanda. Så jag fick beställa resa till Newark i New York och sedan hyra en bil för vidare färd till Washington.

Efter ungefär 9 timmars flygning var jag framme och tog en taxi till hotellet på Manhattan. Resan till Washington var lång så jag kunde lika gärna natta över här innan jag tog hyrbilen.

Taxin var en gul amerikanare, lika dem man ser i amerikanska filmer. Vad man inte ser i filmerna eller rättare sagt, hör, är bilarnas skick. I den här verkade allt sitta löst. Varje broskarv utlöste ett skramlande som ett veritabelt järnverk.

Man fick ett fast pris vid utgången på terminalen och en hänvisning till vilken bil man skulle ta. Visst, priset stämde, men föraren skulle ha extra för vägtullarna. Varför fick man inte den upplysningen när man fick det fasta priset?

Jag kom fram till hotell Edison vid 12-tiden men incheckning fick inte ske förrän vid 15-tiden eller 3 PM, som de säger" over there." De erbjöd sig att, mot en smärre avgift, lagra mitt bagage tills incheckningen. Så fick det bli och kvitto med samma nummer som lappen på väskan, lade jag i plånboken.

Mötet med Mr Ron Barlow på NNC hade avtalats till kl. 10 PM i morgon och resten av dagen fick ägnas åt vila och att gå igenom anteckningar som jag gjort.

I botten på hotellet låg en enkel restaurang för frukost och luncher med inredning som verkar inspirerad från journalistvärlden på 50-talet. Den fick bli mitt tillfälliga arbetsrum så jag beställde in en grillad sandwich och en balja kaffe.

Fram med surfplattan. Där fanns alla noteringar som jag samlat på mig från alla möten med chefen och andra inblandade. Myntkabinettet, vaktbolag, rederi och transportbolag. Även en diskussion med restaurangägaren på Kungl. Myntkabinettet.

"Jag antar att de ville ha en redovisning i morgon," tänkte jag.

Jag noterade några frågeställningar jag kom på innan det var dags att hämta min väska och gå upp på rummet.

Jag gick till förvaringsrummet i vestibulen och lämnade kvittot till en i personalen. Nu skulle det verkligen bli skönt att få sträcka ut mig på sängen och ta mig en "power nap."

"Det tog en väldig tid att få väskan," tänkte jag.

Efter hela 10 minuter kom personen ut från förrådet utan väska och förklarade att han inte hittade den. Han bad mig komma in i förrådet och försöka identifiera den.

Vilket förråd! Stort som ett lager till en fabrik!

Men min väska var inte synlig någonstans i gyttret av bagage i alla möjliga färger. Svart är den vanligaste, om man nu vill kalla svart för en färg. Min väska var mörkröd men den verkade helt försvunnen. Det är mycket sällan som det sker.

”Försvunnen!”, det menas inte, Grejor försvinner inte, de byter bara plats, en devis som jag alltid hållit mig till.

”Faan också, att inget kan gå problemfritt!” sa jag högt på svenska,” men det förstod inte vaktmästaren i förrådet.

Plötsligt välde det in en massa hotellgäster i förrådet för att hämta väskor och personalen kollade inte kvittona.

”Här har vi svaret,” tänkte jag, *”min väska har bara bytt plats på grund av att någon sett till att den gör det.”*

Jag sa det till personen som släppt in mig för att söka. Klagomål får du framföra till hotellreceptionen, framförde han bistert.

Finns inget som retar mig så mycket som när någon gör fel och den som blivit utsatt för konsekvenserna blir slussad runt och får dra hela historien en gång till. Vad gör man? Inte så mycket mer än att gå dit och där mötte jag en kvinna som tog emot klagomålet i en nonchalant framtoning. Inga ursäkter utan mer som om allt vore mitt fel.

Men man skulle ta hand om det, men när och hur ville hon inte upplysa om annat än att jag skulle återkomma senare. Att hon skulle ta kontakt med mig, var det inte tal om.

Jag hade inte så mycket mer att göra så det fick bli en tur ut på stan. En nypa frisk luft, hur frisk den nu kunde vara här i The Big Apple. Det var varmt ute och hotellet var luftkonditionerat så det kändes som att gå in i en vägg med hetluft när jag lämnade hotellet. Det var visst 32 grader ute och det tog mig c:a 300 m innan jag blev någorlunda van.

De gula taxibilarna körde förbi i en strid ström. Rätt många var lediga. Hotellet låg på 47.e gatan W mellan 8e Avenue och Broadway. Mina 300 m promenad hade således tagit mig till Times Square. Vilka reklamskyltar där fanns, alla med rörliga bilder. De täckte hela fasaden och gatubelysning var helt överflödigt. Vilka färger! Det visade filmsnuttar på varenda en. Mäktigt var det. Alldeles intill låg ett Hard Rock Café och jag kände mig lite hungrig. Klockan hade hunnit bli 6 PM vilket är 18.00 och jag lämnade Arlanda vid 9-tiden i morse. Men flygmaten var inte annat än nödmat så nu ville jag ha riktigt käk.

På menyn stod det mest hamburgare av alla möjliga varianter. Jag valde en variant med bacon, ost och vitlök. Dressingen fick bli en vitlöksdressing. Och så en öl, förstås, serverad utan glas, som det är brukligt här, om man inte är på en mer prominent restaurang förstås.

Som alltid på många enklare restauranger och på Hard Rock Cafét i synnerhet var det en väldigt hög musik, man kunde knappt höra sina egna tankar. Men det visste jag innan. Det var hungern som fick sätta prioriteten den här gången.

Men hamburgaren var det inget fel på, den slank ner utan vidare men ölen var lite väl blek.

Mätt och belåten skulle jag gå tillbaka till hotellet och se om de hittat väskan. Men jag tog nu den andra vägen om Times Square. Precis när jag kommit halvvägs upptäckte jag en affär med godis. Jag gick in och där såldes enbart dragerade chokladpastiller s.k. Smarties. De finns i alla möjliga färger och de kunde man köpa förpackade i runda standardförpackningar av alla möjliga storlekar. Men utöver detta fanns leksaker och andra formgivna förpackningar i plast och papp, fyllda med godis. Allt med målet att folk, framför allt ungar, skall köpa det mesta möjliga. Jo det fick bli en liten pappersrulle med några dragéer i. Fick bli efterrätt.

På hotellet hade man hittat min väska och den var nu på väg från en buss i taxi. En passagerare hade av misstag tagit den istället för sin egen. Så var det med det kvittosystemet. Tror ni att någon gav en ursäkt? Inte alls, samma trumpna min som tidigare hos receptionist och vaktmästare!

KAPITEL 27

National Numismatic Collection (NNC) of the Smithsonian Institution, är en av de största myntsamlingarna i världen och den absolut största i Nordamerika. Adressen är 10th St. & Constitution Ave. NW, in Washington, D.C.

Jag hade hyrt en bil för att ta mig dit. Det var bara 320 km att köra och flyg med transport till och från flygplatsen och incheckningstider etc. tog ungefär lika lång tid så valet blev lätt.

Kunde bli en trevlig resa, jag hade inte varit i USA annat än vid ett tillfälle förut och då bar i New York så det kunde vara trevligt att se lite mer av landet.

Bilen var framkörd till ingången på hotellet och den var försedd med GPS och elektronisk karta. Det hade jag nogsamt beställt av uthyraren. Annars kunde det nog bli många mil extra när man kört fel.

Jag fick gå upp tidigt. Bilen var beställd till kl. 07.00 eller 7 am. på det lokala språket.

Jag gick ut prick kl. 7 och den stod där som avtalat. Jag signerade avtalet och sedan bar det iväg söderut. Passerade nära platsen där World Trade Center en gång stod. Tragisk händelse, förbannat tragisk!

Jag leddes in i en smal lång tunnel med svag orange belysning. Ut på andra sidan i solskenet och där uppenbarade sig ett landskap med motorvägar och industrisamhällen. Det var inte förrän jag passerat Newark, den stora flygplatsen i söder som de vackra vyerna dök upp. Inte olikt Mellansverige men skalan var ett par nummer större.

Här och var efter motorvägen dök det upp "food courts". En slags stora restaurangområden. Men bara med s.k. skräpmat. Hamburgare, friterade kycklinglår var de huvudsakliga rätterna. Och självklart söta pajer och läsk som i riklig mängd orsakade amerikanarnas övervikt.

Färden gick längs väg 95 SW. När jag kom i närheten av Trenton såg jag blå och röda blinkande ljus i backspegeln. En polisbil kom i hög fart och framför låg en ljus bil. Den ljusa körde om mig och svängde in tvärt framför mig och saktade in. Polisen som var en "High Way Patrol " körde om oss båda och kastade in sin bil framför den ljusa och tvärbromsade. Det fick jag också göra annars hade vi alla tre brakat ihop. Undrar vad föraren i den ljusa bilen hade gjort för ett sådant ingripande?

Efter två och en halv timmas färd var jag nu framme i Washington. Tur att jag beställt en GPS för här var det också gott om vägar. Men det amerikanska systemet med väderstrecken utskrivna efter vägnumren på skyltarna borde vi i Sverige ta efter. Man vet hela tiden åt vilket håll vägarna går.

NCC ligger ett par kvarter från Vita Huset och när jag var framme enligt GPS:en, sa en röst att jag var framme, men inte såg jag någon ingång. I södra änden av huset fanns 4 monumentala pelare i grekisk stil. Jag antog att ingången var där, och hittade den också, dold bakom ett antal träd.

Jag hade en halvtimme tillgodo så jag promenerade bort till presidentens palats och tillbaka.

När jag kom tillbaka frågade jag i receptionen efter Mr Ron Barlow. Han väntade redan. Vi tog hissen upp till tredje våningen där hans kontor låg. Vi gick till ett konferensrum strax intill kontorsrummet.

Rummet var smakfullt inrett med ljusa färger och runt rummets alla väggar satt porträtt av alla presidenter. Totalt 44 st inkl. den nuvarande, Barack Obama.

"Välkommen till NNC" inledde Mr Ron Barlow.

"Tack, trevligt att vara här" sa jag med ett glatt leende på läpparna.

"Vi ska ta en tur på museet sedan men först vill jag diskutera planen med dig." sa Mr Barlow.

"Utställningen med myntet vi vill visa upp kommer att ske 28 februari och 1 mars, dvs 2 dagar i Stockholm. Det kommer att transporteras av ett säkerhetsföretag runt Europa och före Stockholm ligger Helsingfors och efter ligger Oslo. Transporterna sker omedelbart dagen före resp. efter visningsdagarna.

Transporten går med bil på färja och det är den känsligaste delen. När myntet är på plats kommer vi ha säkerhetspersonal där och utrymmena på museet är elektroniskt övervakade med larm som kopplas upp till vår säkerhetspersonal på plats men även till er länsalarmcentral. Allt sådant arrangeras av oss, men vi behöver säkerställa att era myndigheter som polis, kustbevakning och tull blir informerade så att om det som inte får hända, ändå händer, måste ni vara beredda att gripa in. Jag vill ha en skriftlig försäkran om detta innan vi lastar transportbilen på färjan till Helsingfors." Mr Barlow verkade ha förberett sig väl för allt han nu sagt var utan minsta paus.

"Men" sa jag, "vi måste få information om vilket säkerhetsföretag ni använder och en kontaktperson där."

"Självklart så får du det. Jag väntar på att vårt anlitade säkerhetsföretags representant skall komma hit. Meningen var att hon skulle komma samtidigt med dig, men hon ringde för ett par timmar och sa att det blivit något fel på planet och att nästa flight inte gick förrän om 2 timmar. Så jag föreslår en liten tur här på museet och en tur bort till Vita Huset, för det har du väl inte sett än?"

"Det vore trevligt" instämde jag fast jag inte var så förtjust i museer med döda ting som mynt, frimärken och liknande. Men jag ville inte vara oartig för det här museet var Mr Barlow ögonsten, det märktes tydligt.

Efter museibesöket tog vi en tur till Tadish Grill, en turistrestaurang ett par kvarter från NNC. Därifrån var det bara 1 km till Vita Huset.

Det märktes att den här delen av stan var full av statliga institutioner och myndigheter. Alla hus var byggda som "monument." Mycket pelare och ornament smyckade fasaderna.

Vita Huset kunde vi bara bese bakom ett järnstaket. Trots avståndet på ett par hundra meter såg det hur pampigt ut som helst, där det låg inbäddat i gröna lummiga träd och med en stor gräsmatta framför. En fontän som sprutade rakt upp gnistrade i solskenet.

Rons mobil störde lugnet och han svarade. Ron och personen i andra luren verkade rätt bekanta för det blev inget socialt snack alls. "Det var Ms. Adams, hon står i receptionen och väntar på oss nu."

Vi skyndade oss tillbaka och där satt hon i en fåtölj. Efter lite artigheter gick vi upp till Mr Barlows konferensrum.

Ron inledde med att säga "Mr Åström har önskemål om viss information från er."

Han tittade på mig för att jag skulle fortsätta.

Jag började med "Jag måste få veta färdplaner och er bemanning, vilka fordon som ska ingå, tidplaner osv. Vilka är era samarbetspartners i Sverige, vilka färjor som ni tänkte använda?"

Ms. Adams inledde med att informera om alla detaljer, tider och all annan information som jag önskat. "Ni (Bror Rexeds du-reform hade inte nått hit ännu) får här ett PM om allt detta och lite till. Mina kontaktuppgifter står även där".

Ms. Adams räckte över ett exemplar av PM:et med en "CLASSIFIED"-stämpel på och tillade "Du förstår säkert att uppgifterna inte får spridas. Våra partners har fått delar av detta PM och det står i nederkant av varje dokument. Du skall inte diskutera annat än vad som står på den sidan om du har kontakt med partners."

Ron påpekade föremålets värde, både det ekonomiska värdet och affektionsvärdet. "Men allt sådant hoppas jag du blivit informerad om via ert utrikesdepartement."

Jag sa att jag fått all information som behövdes, via min chef utom det som jag nyss räknat upp.

Mötet avslutades och alla önskade varandra lycka till.

KAPITEL 28

Det var nu dags för att transportbilen med Dollarn skulle lastas i Helsingfors.

Jag hade tidigare bestämt mig för att bevaka transportbilen redan från att den körde på färjan. Visserligen hade säkerhetsföretaget ansvaret men jag tar det säkra för det osäkra. Man vet inte heller om den inhyrda säkerhetspersonalen håller måttet. Jag tar inget för givet! Detta var planerat till 27/2 2016.

Kvällen innan transporten flöt lugnt. Vädret var rätt hyfsat och en tur uppe på däck blev uppfriskande då det var tidigt på året. Fartygen är höga och det ger bra utsikt. Det mesta av isen hade givit sig iväg, det fanns bara lite kvar i vikarna.

Jag hade blivit inbjuden till kommandobryggan för att träffa kaptenen och säkerhetsofficeren och få en genomgång av vad som skulle inträffa. Det hade även den transportansvarige på det inhyrda säkerhetsbolaget som skötte transporten.

Jag gick mot bryggan och vid en grind innan trappan fick jag visa polislegitimationen innan jag åtföljdes till bryggan. Kaptenen tog emot och hälsade mig välkommen till ett rum i bryggan. Där satt redan alla och väntade. Molander också. Vilken överraskning. Men jag avslöjade inte att vi kände varandra sedan tidigare.

Molander presenterade sig som bisittare till den person som var ansvarig på säkerhetsbolaget.

Vi hade en genomgång gällande tider och tillgänglig personal samt en riskbedömning. Alla var överens om att det inte skulle hända på färjan eftersom förövaren i så fall skulle få simma iland. Om något händer så är det vid av och pålastning av bilen. Fokus för bevakningen skulle ligga på av- och på-lastningsramperna således.

Jag skulle hålla mig på kommandobryggan där det fanns mo-nitorer för övervakning och kommunikationscentral för kon-takt med alla inblandade.

Jag frågade personen som representerade det amerikanska sä-kerhetsbolaget om han skickat uppgifterna de behövde och det hade han gjort, så nu var det bara att vänta på pansarbilen. Den stod i en speciell kö bredvid alla andra köer och där var massor av bilar som skulle med färjan. Meningen var att den skulle släppas på först och parkeras på ett sätt som gjorde att den kunde köras av först när färjan lastade av.

"Jag såg den i en av övervakningskamerorna och den flan-kerades av ett par vakter, till synes obeväpnade, men kände jag amerikanarna rätt så gjorde de lite som de ville i sådana här frågor. Framför och bakom pansarbilen stod personbilar och det satt två personer i varje. Följebilar med bevaknings-personal," tänkte jag, *"men det var ingen som sagt något om det förut."*

Jag fick det bekräftat av den amerikanske representanten som aldrig presenterat sig. Kalla mig bara "Jim" sa han när jag frågade.

Så var det äntligen dags. Bilarna började röra på sig. Jag ser i monitorerna att de hänvisas till en av lastbilsfilerna. De kör så långt fram det går i den tredje filen räknat från styrbords sida. De parkerar där och färjans personal fäster remmar runt hjulen och förankrar den i bildäcket. Det gör man när det gäller alla fordon av en viss vikt för att i händelse av att sjöhävningen blir häftig, så ska de inte glida runt.

De fyra personerna i personbilarna klev ur och gick mot dörrarna för att gå upp till något annat däck. Resan skulle ta ungefär 16,5 timmar vilket inkluderade en mellanlandning i Åbo.

De gick nog till sina hytter. Färjan skulle avgå kl. 17.00 så det blev en natt på båten. Jag antar att de gjort upp om ett schema för bevakningen. Till att börja med satt de två som var i pansarbilen kvar, så det var väl de som tog första passet, misstänkte jag.

Nu var det dags för avgång och prick kl. 17.00 började båten röra sig i sidled från kajen. Däckskarlarna assisterades av hamnpersonal som kastade trossarna över kajkanten. Inte vårdslöst utan synkront med att trossen vinschades ombord. De fick inte sugas in i bogpropellrarna och podden. Men innan man låter dem snurra skall trossarna vara ovan vattenytan.

Nu bar det iväg med sikte på öppet hav och Åbo.

Jag hade sällskap av Molander på bryggan och han och den amerikanske representanten skulle dela på nattskiftet. Molander fick hundvakten och vi kunde gå till restaurangen och se vad buffen hade att erbjuda. Vi var båda i tjänst så det fick bli alkoholfritt i glaset.

Det kändes att färjan fått upp farten ordentligt nu, säkert mer
an 20 knop, gissar jag. Efter den utsökta maten tog Molander
och jag en promenad på övre däck och kollade utsikten och
snackade om ditt och datt, gamla tider och minnen.

Klockan var nu slagen för sängdags. "Du får bara ett par tim-
mars sömn nu när du skall ha hundvakt" sa jag. Molander
skämtade genom att skälla som en hund. "Go natt sa vi i mun
på varandra och det skulle bli skönt att få krama kudden. Min
walkie-talkie la jag bredvid mig i sängen så jag skulle höra
om jag blev anropad. Jag hörde andra snacka lite med
varandra, men de tystnade efter ett tag och lugnet lägrade sig
över färjan.

Jag hade satt klockan på 8.00 för att gå upp och få lite frukost.
Jag hörde att amerikanarna snackade lite upprört i radion. Jag
fattade inte vad som var på gång och beslöt mig för att besöka
dem uppe på bryggan. Jag blev stoppad vid grinden och vak-
ten där bad mig visa legitimation så polislegget halades fram
ur min innerficka. Den här vakten hade jag inte sett förut.
Han hade inte sett mig heller och jag kollades mot en liggare
han hade i handen.

Jag fick godkänt och gick snabbt uppför trappan till komman-
dobryggans ingångsdörr. Jim, som han ville bli kallad, satt
vid bordet och såg lite modstulen ut.

"Vad händer?" frågade jag. "Det är nog inte så allvarligt," sa
Jim "men vi har sett två personer som rört sig i trapphusen
ner till bildäck. De gick igenom en av dörrarna som egentli-
gen borde varit låst, men av någon anledning inte var det. De
avvisades av färjans personal och nu går de runt på pas-
sagerardäck. De uppträder lite oroligt."

"Jag tar en runda och kollar in dem" sa jag och gick ner på passagerardäck. Jag gick runt men det var mycket folk så det var inte så lätt att finna dem. Jag anropade Jim på radion men han hade tappat bort dem. "Säg till mig om du ser dem igen" sa jag och satte kurs på frukostmatsalen.

Frukosten var av lyxhotellsstandard och inget såg ut att saknas. Möjligen amerikanska pannkakor som är en av mina favoriter, men man kan inte få allt.

Färjan började nu närma sig Stockholm och Stadsgårdskajen. Furusundsleden passerades just nu och personalen började stänga restauranger och caféer. I högtalarna basunerades ut att Taxfree snart skulle stänga och ville man köpa något med sig hem är det bäst att passa på innan stängning.

Jim var helt tyst på radion så jag antog att han inte sett till de två oroliga personerna. Jag tog ett varv på utomhusdäcket för att se om man kunde se dem här. Men det verkade som om de gått upp i rök.

Färjan anlöpte nu kajen och förtöjningarna förbereddes för att angöra fartyget. Jag drog mig ner till bildäck där pansarbilen stod. I den satt nu två personer och det gjorde det i personbilen framför också, men inte i den bakom. Borde inte de vara där?

"Säg inte att vi drabbats av två drumlar som försovit sig" tänkte jag. Akterporten hade nu öppnats fullt.

Äntligen kom de två personerna som skulle till den sista bilen springande och hoppade in. Det var i sista ögonblicket för däckspersonalen vinkade nu att de skulle köra. Jag stod precis i mynningen på avfartsrampen och tittade på. Jag hade tagit fram mobilen och fotograferade de 2 som kom springande i sista minuten. Bilderna Skickade jag till Jim.

Efter en minut svarade han att det var de två han sett på övervakningskamerorna som betedde sig lite besynnerligt. Faan också!

Jag ringde omedelbart ledningscentralen, Det här handlade om minst bilstöld. De lovade att skicka ut en bil omgående.

"De for av färjan och körde i ilfart nu" sa jag med en jäktad ton. Hörde på radion att Jim meddelat de andra förarna vad som var på gång och instruktionen löd att "sätta högsta fart till polisstationen på Torkel Knutssonsgatan." Idén med detta var att det var lättare att skydda transportbilen bättre. Man hade anordnat en beredskap där.

Nu kom Jim med ytterligare ett besked på radion. Hyttpersonalen skulle städa och hade funnit 2 personer till synes livlösa i en hytt, vilket gjorde att jag fick ringa ledningscentralen igen och anmäla misstanke om mord och att de måste skicka en patrull till färjan. Jag fick veta att en polispatrull prejat bilen bakom pansarbilen vid Mariatorget efter en kort jakt. Det hade blivit skottväxling och en av biltjuvarna blev träffad. Då gav den andra upp och lade sig på marken. Han insåg väl att det gått snett totalt. Pansarbilen försvann i fjärran. Jag hade ingen aning om vart!

Jag hade nu kollegor på två håll som tog hand om det här. Det ena var ett misstänkt mord på färjan och det andra att hitta pansarbilen som befann sig på annan plats än den planerade.

Jag tog mig ut på gatan precis när patrullen anlände till färje-
terminalen. Molander visade dem till hytten där de livlösa
personerna låg.

Jim kom rusande efter mig och vi fick tag på en taxi. "Här ser
du mitt polisleg" sa jag. "Du får skicka fakturan till polisen.
Här är mitt visitkort. Full fart nu till polisstationen på Torkel-
knutssonsgatan är du bussig! Tänk inte på fartkontroller, det
fixar jag."

Utanför polisstationen stod pansarbilen och följebilen parke-
rade och tre poliser vaktade utanför. Förarna och passage-
rarna satt kvar i bilarna.

Efter en kort diskussion kom vi överens om att bilarna skulle
stå kvar i en timme och avvakta. Sedan skulle en polisbil er-
sätta den som prejats så färden kunde fortsätta till målet som
var Kungliga Myntkabinettet i Gamla Stan.

Inget mer hände och därför åkte vi ner till museet och inlast-
ningen skedde utan malörer. Jag fick nu besked från led-
ningscentralen att det var två amerikanare som hittats i var
sin hytt, båda mördade på samma sätt, med kniv som låg kvar
på platsen.

Jim fick min information efter att inlastningen skett för att
inte störa honom i det arbetet. Jim tog beskedet med fattning.

KAPITEL 29

Museet låg på adressen Slottsbacken 6. Det är en kort återvändsgata som vinklade sig in från Slottsbackens stora öppna yta och som sedan avslutats med en trappa.

Harry hade förberett sig väl. Men tyvärr så hade det hitintills inte gått efter ritningarna. Hotbrevet till Per och bilolyckan gav ingen effekt alls. Att försöka mörda hans sambo resulterade bara att Harrys kumpan, Mihai, sköts och fasen vet, vart de gjorde av honom.

Han hade nåtts av ryktet om att två amerikanska vakter mördats på färjan. Inte nog med att han hade sitt eget att sköta, nu verkade det som han även hade konkurrens av någon okänd.

Harry satt i sin bil och funderade var pansarbilen tagit vägen, den borde vara här nu och lasta av. Han ville bara kontrollera avlastningen och sedan åka och äta någonstans. Det gråkalla februarivädret gjorde att humöret inte var på topp och han började känna av hungern. Klockan var nu en minut i tolv.

Ute på Slottsbacken gick folk åt alla håll, några halvsprang, några promenerade. Alla åt var sitt håll. Någon gick för att besöka museet. Vaktavlösningen på Slottet hade skett prick klockan 12 som alltid.

I backen såg Harry en grå stor bil komma smygande i diset. Den åkte förbi honom och vände ovanför bussparkeringarna. Den stannade där och en röd bil som hade texten S4U i stora bokstäver på sidan, körde om och stannade strax nedanför infarten till museet. Ur bilen kom det två personer i uniform. Harry kände igen loggan på bilen och förstod att det var vaktbolagets personal som skulle hjälpa till vid avlastningen. Pansarbilen körde nu ner till infarten och backade in. Den fick snirkla sig in på den grändliknande gatstumpen till museets ingång.

En vit bil kom i hög fart ner för Slottsbacken och parkerade precis tvärsöver infarten. Harry antog att den var där för att hindra andra bilar att köra in. I bilen satt 2 personer och en av dem hade en handhållen kommunikationsradio. Han verkade prata med någon.

Harry hade engagerat två bilförare och tre medhjälpare. De hade stulit fyra bilar, En skulle användas till att lasta kistan med myntet i, en till att blockera så inte pansarbilen skulle kunna köra ut och en för att placera i Liljeholmens parkeringsgarage. Harry hade planerat att han själv skulle ta myntet sista biten ner till flygplatsen. Den fjärde bilen skulle innehålla en fjärrutlöst bomb.

Om de nu placerar en bil i infarten måste Harrys medhjälpare vara på alerten och placera sin bil intill så ingen av dem kom ut.

De hade planerat allt tillsammans och den här informationen måste han vidarebefordra så alla skulle känna till den. Detta skulle genomföras på dagen efter att utställningen stängdes och myntet skulle påbörja sin resa till Oslo. Vilken lång näsa norrmännen skulle få.

Gänget hade försett sig med handeldvapen och granater. I bilen, som skulle transportera kistan till Slussen, fanns även avancerade sprängmedel, lämpliga för att få upp låsen i kistan.

De civila vakterna får inte vara beväpnade enligt lag, så med egna vapen skulle det bli en lätt match för Harrys kumpaner. Om man placerade en bil på parkeringen på Slottsbacken med en fjärrutlöst bomb, skulle den skapa kaos nog för att de skulle kunna fly via trappan och med flyktbilen som placerats där, ta sig till byggarbetsplatsen nedanför Slussens T-banestation. Slussen blir perfekt! Där pågår mycket jobb med bygget och om någon håller på med skärbrännare eller vinkelslip skulle det inte höja några ögonbryn. Men tyvärr verkar det som att de måste utföra en mindre sprängning. De hade sett bilder på kistan och det skulle ta för lång tid att öppna med skärverktyg. Men en sprängning skulle inte märkas speciellt mycket. Där var mycket oväsen ändå. Och Slussens tunnelbanestation ligger bara 150 meter från byggarbetsplatsen så de skulle kunna promenera i rask takt utan att bli upptäckta.

Sen har man övervakningskamerorna att ta hänsyn till så ett ombyte av kläder måste med i flyktbilen. i en lämplig väska som kan tas med på tunnelbanan. Gäller att hitta en lämplig plats utanför kamerornas synfält. Men i Liljeholmen finns några bra ställen.

I Liljeholmen får man sedan gå till Parkeringshuset och där skall nästa bil stå och vänta. Parkeringsbiljett måste införskaffas och kontanter för att betala med. Kreditkort är lätt att spåra så det är uteslutet. Genom att handla mat till en matsäck på den närliggande matbutiken så får man en parkeringsbiljett som räcker i två timmar. Visst kan man forcera bommen i utgången på parkeringshuset, men det gäller att inte få några ögon på sig.

Målet för bilfärden med tjuvgodset var Finspångs Sportflyg-
fält. John hade ordnat ett litet enmotorigt plan som skall in-
vänta Harry. Tanken var att Mihai skulle göra den här resan,
men han hade tagit ner skylten, som man säger.

KAPITEL 30

Jag tog tunnelbanan från station Rådhuset till T-centralen. Gick in i en av vagnarna och satte mig på en soffa. Två grabbar i 25-30 års åldern kom strax efter och satte sig mittemot.

De verkade rätt glada, den ena glad och pigg och den andra glad och trött.

"Undrar vad de fått i sig" tänkte jag. *"Inte är det sprit i alla fall, det kunde man se på ögonen."*

Grabbarna babblade på och det var rent pladder. Jag begrep ingenting, frågan är om de själva gjorde det.

Helt plötsligt tog den pigga killen fram en oöppnad 75 cl. flaska Svart Renault. *"Fin cognac det där"* tänkte jag. *"Inte dricker väl de sånt här på T-banan, sånt skall man smutta på tillsammans med en bit mörk choklad!"*

"Ska du köpa den här?" frågade den pigga grabben. "Du får den för 400 kronor!"

"Nej tack" sa jag och lyckligtvis var detta inte en påstridig säljare så jag slapp vidare diskussioner.

När jag kommit fram till T-centralen tog jag fram en kontantkortsmobil och ringde till en person jag kände i den s.k. undre världen.

Det var väldigt bullrigt här på stationen men för den här typen av samtal var det bara en fördel. Avlyssningsrisken var liten och ingen noterade att man pratade i telefon heller.

"Hej, det är Mr P" sa jag när personen i andra ändan svarat på uppringningen. "Vi behöver ett snack" sa jag och inväntade en reaktion. "Ja vid vanliga stället om 30 minuter" avslutade jag.

Mr P, det var mitt alias i kontakten med några "golare" jag hade. Den här personen brukar vara rätt välinformerad. Kanske lite för bra för en "golare" som vädrar sin mun för mycket kan bli ett stort problem i vissa kretsar.

Jag tog långa kliv mot träffpunkten som var trapporna på Tunnelgatan. När vi möts på trapporna är det bara för att synkronisera oss. När vi sett varandra går han till ingången från Birger Jarlsgatan och jag till den andra från Sveavägen.

Vi träffas sedan i tunneln och kan vandra ostörda och utbyta information. Det är mest han som ger mig information och i utbyte blir det enkla men för honom betydelsefulla gentjänster.

Jag gick in genom ingången, tog ett antal steg mot den andra änden. Jag har alltid ogillat de här besöken för det känns som en fälla. Man har inga flyktvägar, samtidigt som just det är fördelen när man vill träffa någon och slippa åhörare.

Det kom folk gående det fick man räkna med men stegen hördes tydligt och då fick man hålla tyst tills personen passerat förbi.

"Hur är livet idag" inledde jag med när vi möttes i tunneln.

"Som vanligt, huvudet upp och fötterna ner" blev det rappa svaret.

"Gick det bra sista gången?" frågade jag. Jag syftade på sist vi träffades, för ett par månader sedan. Jag hade fått några namn i utbyte mot att slarva bort en vittnesutsaga som inte var till hans fördel, vid en rättegång om ett hälarbrott.

"Det gick väldigt bra, jag friades, tack för det!" sa min "golare".

"Vad bra. Nu har jag en fråga till dig. Det gäller den här Harry som du borde känna väl. Ni är i samma bransch. Vad har du hört om honom på sistone?" sa jag.

"Du är duktig på att fråga du!" sa "golaren".

Det kändes som att detta var något han visste något om för han verkade vilja undvika samtalsämnet. Hans kroppsspråk förstärkte intrycket.

Steg hördes längre bort i tunneln så jag saktade in så min informatör hamnade en bit framför mig. Personen som passerade oss bar en huva-tröja. Trots att huvan dolde det mesta av ansiktet så valde personen att vrida huvudet mot väggen när jag passerades. Likadant när golaren passerades.

"Det var värst vad ljusskygg den personen var" tänkte jag.

Efter att personen vandrat vidare gick jag ikapp golaren.

"Vi vänder här" sa jag och vi gick åt andra hållet i tunneln.

"Tänk på att vi kan gå här eftersom jag sett till att du inte fick en "volta" i domstolen sist!" sa jag lite menande.

Min informatör dröjde med att kommentera, men sa till slut "Det ryktas att Harry håller på och samlar folk till ett större event inne i stan.

"Harry!" sa jag "Menar du Harry i Vällingby som langar och distribuerar knark till er?"

"Inte till mig, men det är han som försöker flyga in godset till södra Sverige och som har någon verkstad i Vällingby, där allt paketeras."

"Så vad är det för stort event du talar om?" frågade jag.

"Vet inte" sa golaren. "Men det är något i Gamla Stan och om inte Kungen knarkar så vet jag inte vad det rör sig om!"

"Har aldrig hört att någon på slottet knarkar och behöver langning. Handlar det om knark och langning då?" sa jag.

Jag fortsatte "Det verkar handla om något helt annat?"

Vi gick förbi en gatumusikant. Ibland låter det väldigt bra men den här gången behövde han nog öva en del mer. Jag hörde inte vad "golaren" sa så när vi passerat sa jag "jag hörde du sade något men inte vad?"

"Golaren" sa "Det skulle handla om pengar, men jag känner inte till någon bank att råna där."

"Mer vet jag inte" sa "golaren".

"Hör du något mer så hoppas jag du hör av dig!"

Vi gick sedan åt var sitt håll, jag mot Sveavägen och gola-
ren mot Birger Jarlsgatan.

Innan jag kom ut ur tunneln, hörde jag en riktigt hög smäll,
som ett pistolskott. Det bara ekade i tunneln och det gjorde
även de skrik som folk gjorde.

Faaan också, där tappade vi kontakten" tänkte jag.

KAPITEL 31

Äntligen lyste solen! Det hade nu varit grått och mörkt i två veckors tid minst, så det kändes befriande. Harry satt i en av de stulna falskskyltade bilarna och väntade. De andra hade parkerat nere vid Strömmen och väntade på klartecken. När pansarbilen skulle dyka upp visste han inte, men det borde vara nu på morgonkvisten om de skulle hinna till Oslo innan kvällen.

Det var rätt kyligt ute men han ville inte starta motorn för att få värme. Då kanske han avslöjade att han stod och väntade på något. Man vet inte vad vaktposterna vid Slottet skulle göra. Men man får anta att de informerar sina överordnade om det sker något ovanligt i närheten av byggnaden.

Det var inte så att Harry var van vid sådana här operationer, så han kände sig lite nervös. Hur skulle de som vaktade transporten reagera? Finns polis i närheten? Skulle det komma fler som konkurrerade om bytet?

Han hade fin utsikt från slottsbacken, speciellt nu när solen lös. Vattnet vid Skeppsbrokajen var blågrått och det kom en och annan skärgårdsbåt på väg till respektive från Södra Blasieholmen. Så här års var det nog inte så mycket turister som reste med de vita fartygen. De flesta var nog besökare till öarna i skärgården. Kanske det även var öbor som reser in till stan för att handla eller uträtta andra ärenden.

I bilen fanns termos med kaffe och några mackor. Harry hade förberett sig väl. Han hade även fått med sig gårdagens morgontidning, me0n det blev inte så mycket läst i den. Han var rädd att missa transportbilen.

När pansarbilen dök upp skulle Harry åka bort till Liljeholmen och hans medhjälpare fick då sköta ruljangsen.

Var jag var, det visste naturligtvis inte Harry. Jag hade ingen bil med mig. En polispatrull hade släppt av mig på Skeppsbron. Jag gick en runda kring museet på behörigt avstånd. Jag hade fått information om att pansarbilen var på väg. Personalen på museet hade monterat ner montern och var nu beredd på att lasta godset i bilen. Jag såg en person ur den amerikanska vaktstyrkan titta ut genom huvudingången.

Jag gick runt hörnet på museet och in på den smala gatan. Till vänster låg ett litet café som brukade ha frukostöppet, det hade jag kollat upp redan tidigare så det visste jag.

Det fick bli mitt lilla högkvarter. Kaffe och en rejäl ost- och skinkmacka beställdes. De hade morgontidningen på disken och jag frågade om jag fick låna den.

"Javisst" sa tjejen bakom disken.

Jag slog mig ner vid bordet som var placerat närmast fönstret. I tidningen fanns en artikel om utredningen som MSB gjort om skogsbranden i Västmanland 2014. *"Hemsk händelse detta"*, tänkte jag.

En blå bil passerade fönstret i sakta mak. Den backade förbi och verkade stanna en bit längre bort. Jim hördes på kommunikationsradion. ”Pansarbilen var nu på väg över Slottsbacken och på ingång till museet” sa han.

Harry, som höll utkik, observerade att pansarbilen var på väg uppför Slottsbacken och meddelade gänget detta. Den halvätna mackan fick han lägga ifrån sig och i nervositeten lyckades han välta kaffekoppen över passagerarsätet. Bilen som skulle spärra in pansarbilen kom strax efter. Pansarbilen backade nu in på gränden ner till huvudingången på museet. Personbilen backade också ner i gränden och spärrade utfarten.

Harrys bägge medhjälpare. ställde sig med sin bil utanför, mitt i korsningen. En av de amerikanska vakterna sprang fram och försökte avvärja felparkeringen men möttes av en pistolpipa. Medhjälparen lyckades övermanna vakten och föste fram honom som en sköld fram till pansarbilen. Personalen hade hunnit bära fram kistan till bilen, från museet, men inte lastat in den.

"Håll er undan" skrek en av Harrys medhjälpare och kastade ett knallskott under pansarbilen. Det smällde rejält och vakterna ryggade till. En av dem drog fram en pistol som fyrades av mot den andra av Harrys medhjälpare. Den kulan missade målet. Kulan for in genom ett av restaurangens fönster. Där stod en vas på insidan som splittrades i tusen bitar.

Nu fick Harry bråttom. Han insåg att han måste iväg till Liljeholmen och förbereda avfärden mot flygplatsen.

Han hörde skotten och nu borde de snart ha fått tag i kistan och därefter skulle de ta sig till Slussen. Harry blev orolig av skjutandet och nu hörde han även explosionen när bomben briserade när han var på väg därifrån. Kommer detta gå vägen? Kommer allt att gå som planerat?

De andra två medhjälparna kom till undsättning. De hade en kpist som avfyrades i luften. "Detta är allvar nu! Lägg er ner på marken" vrålade en av dem, samtidigt som han tryckte på fjärrutlösaren så att bilen på parkeringen exploderade och brann för fullt. Bildelar och splitter flög omkring. En person på samma parkering som skulle låsa upp sin egen bil åkte i gatan, kraftigt blödande.

Vakten som togs som gisslan lyckades slita sig loss. Han drog också en pistol och siktade på kpistmannen som i sin tur hann fyra av ett antal skott som träffade vakten som segnade ner. Den andra medhjälparen slängde en handgranat som var avsedd att hamna under pansarbilen men träffade i stället taket på den och rullade ner på andra sidan och briserade.

Den ena av de två stenstolparna som utgjorde en inramning av ingången till museets förgård föll rakt över en av vakterna. Den vaktpersonal som stod på den sidan blev träffade av splittret och ramlade omkull, till synes livlösa. De övriga flydde in i museet.

Kistan stod kvar på marken alldeles obevakad. Kpistmannen och hans kompis gick dit, lyfte upp kistan och halvsprang upp för den lilla trappan till sin bil. Ytterliga en amerikanare som fanns inne i museet kom ut på trappan och avlossade sin pistol med alla skott mot dem när de sprang. Men inget träffade och de åkte iväg mot Slussen. Men en av kulorna tog i pansarbilen och studsade rakt igenom ett annat fönster i restaurangen.

På byggarbetsplatsen vid Slussen fanns en lucka mellan två betongavskärmningar. De placerade bilen där, gick ut och lastade av kistan. De placerade sprängladdningen på kistan. Sprängladdningarna som hade riktverkan hade elektriska utlösare och de drog kabeln runt bilen och anslöt till utlösaren. De duckade framför bilen och tryckte på knappen. En dov smäll hördes. Allt slammer runt byggarbetsplatsen dolde oväsendet. Kistan flög upp och locket hoppade av. Myntet med hållaren åkte ur kistan och landade på vägbanan bakom bilen.

Som tur var kom ingen bil eller buss så de kunde hämta hållaren med myntet. Hela anordningen var inte större än att det rymdes i jackfickan. De gick sedan i rask takt upp till Slussens T-banestation där de hade gömt ett ombyte bakom korvkiosken som stod där. De skulle byta om i hissen ner till perrongen. De här hissarna är inte snabba. Och i den här situationen känns det som om de smorts med sirap.

Tåget med nr 14 kom in och de hoppade på. Det skulle ta 10 minuter innan de träffade Harry i Liljeholmen.

Harry hade nu hunnit ned till Liljeholmsgaraget och parkerade bilen. Han gick till ingången på tunnelbanestationen och ställde sig strax utanför utom räckhåll för bevakningskamerorna.

Efter 10 minuters väntan kom så hans medhjälpare med snabba steg, men utan att springa. Harry sa till den ena av killarna att han måste till sjukhus och sy Vid sprängningen av kistan hade någon del farit iväg och träffat honom i handen.

De överlämnade myntet i hållaren till Harry och försvann sedan inåt gallerian. Harry gick till sin bil och åkte söderut. På trafikradion hörde han att reportern informerade om att Gamla Stan spärrats av för all trafik på grund av ett polisingripande.

KAPITEL 32

"Jävlars, nu är något på gång" tänkte jag när jag hörde en kraftig smäll och ett ljud från en kpist. Jag reste mig hastigt upp. Jag lyckades få med mig bordsduken och kaffekopp och fat dråsade i golvet. Jag hann bara ut genom dörren när jag fick höra en riktigt kraftig explosion följd av ytterligare en. Jag sprang fram mot gathörnet mot Slottsbacken och skulle just passera den vita bilen när jag hindrades av uniformsklädda män. Jag fick inte passera. De talade amerikansk engelska och sa att jag skulle hålla mig lugn och tyst. "Varför det?" svarade jag irriterat men lågmält.

Porten bredvid den blå bilen på gatan, mynnade till museet och den öppnades nu. Genom dörren kom en man med en kista, identisk med den som myntet låg i. Den lastades i den blå bilen.

Amerikanaren sa till mig att vi är på samma sida och ibland måste man ta till en vit lögn.

Bilen for iväg utan större brådska. Den hade backats in på Österlånggatan till porten. Det gick inte att köra mot Slottsbacken för den gatstumpen var blockerad av en bil från ett vaktbolag och ytterligare en annan bil dessutom. Så färden blev mot Köpmantorget, men jag vet inte vart den tog vägen sedan.

Vad menade karln med "Vit lögn?"

Jag ringde Lars och berättade vad som hänt! Vad menade amerikanaren med det han sa om "Vit lögn?"

Lars svarade "Jag förklarar när du kommer in på stationen"

POSTSKRIPTUM

Lars Lager hade blivit mycket bekymrad av situationen. Först var det dödsskjutningen i Torpshammar där den skjutne verkade ha velat ta livet av Pers blivande fru. Hur visste den skjutne att Lisa skulle till Torpshammar och hur visste samme person att Per jobbade med det här uppdraget. Verkade som det här polishuset läckte som ett såll.

Sedan var det morden på färjan. Vilka de mördade var, blev aldrig utrett.

Lars diskuterade med amerikanarna om att man, för att inte utsätta myntet för fler risker, skulle en plan B iscensättas. Det innebar att en tom kista med en myntkopia skulle bäras ut till pansarbilen. Den som innehöll det äkta myntet skulle bäras ut via utgången på Österlånggatan till en anonym hyrd personbil.

Pansarbilen blev skadad av granatexplosionen och måste repareras. Skadorna inskränkte sig till förstörda däck och måste till en gummiverkstad för att få nya däck.

Personbilen som amerikanarna använde fick cirkulera i området runt verkstan och när pansarbilen var klar möttes de ute på en väg och kistan fick bäras över och de fortsatte mot Oslo.

Tyvärr fick Björn ett fängelsestraff för mordet på Mihai. Sundsvallspolisen fick gräva fram honom ur spånhögen i Torpshammar och att de gömde liket var också en försvårande omständighet.

Vad John och Harry beträffar så ,vet jag inte hur de reagerade när de upptäckte att de fått en kopia av det åtråvärda myntet.

Lisa klarade sig men en villkorlig dom för att ha hjälpt till med att gömma undan kroppen av Mihai. Hon stod nu i evig tacksamhetsskuld till Björn som fick skaka galler för hennes skull.

Martin blev aldrig avslöjad. Men Lars och hans chef anade ugglor i mossen, men kunde inte bevisa något. De planerade en omorganisation för att förflytta honom till en annan plats.

Jag förstod att min chef var tvungen att komma med en Vi Lögn när han undanhöll det faktum att myntet skulle smugglas ut bakvägen. Det var en överenskommelse amerikanarna gjort med honom.

Men trots detta har jag inte förlikat sig med känslan att vara lurad och överkörd.